QUATRE FILLES

ÉCOSSE, POURSUITES ET COMPLICITÉ

Illustration de couverture : Dorothée Jost

FLEURUS

Direction : Guillaume Arnaud
Direction éditoriale : Sarah Malherbe
Édition : Lucie Pouget
Direction artistique : Élisabeth Hebert assistée de Bleuenn Auffret
Direction de la fabrication : Thierry Dubus
Fabrication : Marie Dubourg
Mise en pages : Text'Oh !

Site : www.fleuruseditions.com
ISBN : 978-2-2151-2877-9
Code MDS : 652 244

QUATRE FILLES

ÉCOSSE, POURSUITES ET COMPLICITÉ

CHARLOTTE GROSSETÊTE

FLEURUS

Prologue

Un homme en costume-cravate fait les cent pas dans la salle d'attente. Le patron l'a convoqué il y a cinq minutes, mais il s'est aussitôt isolé dans son bureau, occupé par un appel téléphonique. Arthur Farrey n'a plus qu'à attendre que la porte s'ouvre à nouveau. De temps à autre, il jette un coup d'œil par la baie vitrée. La salle d'attente est située au cinquante-huitième étage d'un gratte-ciel de Chicago : de quoi offrir une belle vue aérienne sur la ville ! Pourtant Arthur Farrey n'a pas franchement l'impression de dominer le monde. Au contraire, ce matin, il se sent inquiet et plein de doutes. Il observe un laveur de vitres suspendu comme une araignée au quarantième étage de l'immeuble d'en face, en train de nettoyer la façade, et il en est presque jaloux.

– Tu as de la chance, mon bonhomme, marmonne-t-il soudain. Tu fais un métier légal, toi, tu gagnes ta vie honnêtement. Et même si tu as un peu le vertige, tu sais que tu ne peux pas tomber ! Tandis que moi…

Arthur Farrey serre les dents. Lui, il a choisi un métier illégal. Bien sûr, il gagne beaucoup d'argent ; il est mille fois plus riche qu'un modeste laveur de vitres. Mais une maladresse, une dénonciation, un coup de malchance, et c'est la chute assurée : adieu la fortune, finie la belle vie, atterrissage en prison !

La porte du bureau s'ouvre à la volée et Arthur Farrey chasse ses idées sombres pour serrer la main du patron, un homme corpulent, aux cheveux gris, vêtu d'un costume impeccablement taillé.

– Entrez, Farrey, dit le patron sans un mot d'excuse pour le délai d'attente.

– Merci, Mr. MacGeffrey.

En pénétrant dans le bureau, Arthur Farrey camoufle une grimace. Cette odeur de cigare lui donne mal au cœur, surtout le matin. Il supporte de plus en plus difficilement la pièce vaste et silencieuse où il vient régulièrement prendre des ordres. Il n'aime ni le bureau en bois luisant, ni les gros fauteuils de cuir, et encore moins cette moquette gris clair imprégnée de fumée de tabac… Arthur Farrey rêverait de ne plus venir ici. Mais il aime trop l'argent, c'est plus fort que lui.

– Farrey, je vous ai fait venir pour parler de petits gâteaux.

Arthur Farrey rit comme s'il trouvait la plaisanterie excellente. Le patron se croit drôle et il aime bien voir ses interlocuteurs apprécier son humour.

Un sourire creuse les joues flasques et bien rasées de Mr. MacGeffrey qui poursuit :

– Ce n'est pas une blague, Farrey. Regardez.

Mr. MacGeffrey prend sur son bureau un vieux livre relié de noir et se met à feuilleter les pages jaunies, couvertes d'une fine écriture.

– Voici le journal intime de mon arrière-arrière-grand-mère, Farrey.

– Bel objet, c'est… très touchant, répond Farrey qui ne trouve rien d'autre à dire.

– Vous êtes grotesque avec vos compliments, le coupe MacGeffrey sans lever les yeux. Écoutez-moi plutôt sans m'interrompre. Mon aïeule était originaire de l'île de Skye, en Écosse, avant d'émigrer aux États-Unis. C'était au XIXe siècle, voyez-vous.

Arthur Farrey n'ose pas dire oui, le patron lui a interdit de parler. Il se contente de hocher la tête.

– Elle travaillait chez MacDonald, au château d'Armadale.

– Les fast-foods existaient déjà ? demande Farrey, surpris, en oubliant son vœu de silence.

Le patron hausse un sourcil méprisant.

– Sortez un peu de vos références culturelles, voulez-vous ? Les MacDonald étaient un clan écossais, l'une des plus nobles familles de Skye. Mon aïeule était femme de chambre au château. Or un jour, l'une de ses collègues, la cuisinière, a inventé la meilleure recette de biscuits du monde. C'est du moins ce qu'écrit mon aïeule dans ce journal.

– Elle de… devait être très douée, cette cuisinière, bégaie Farrey en voyant le patron le regarder fixement.

– Elle était surtout très égoïste, car elle n'a jamais voulu donner sa recette à mon aïeule, qui a pourtant essayé de la lui voler plusieurs fois.

Le regard d'acier de MacGeffrey fait baisser les yeux à Farrey, qui attend la suite en pensant : « Donc ils sont voleurs de génération en génération chez le patron ! »

– Cette cuisinière est morte sans avoir jamais révélé son secret à personne, poursuit MacGeffrey.

– C'est regrettable, soupire Farrey.

– Comme vous dites. Mais il nous reste un petit espoir de remédier à ce gâchis. Il se trouve que cette dame était aussi la couturière du château. Or mon aïeule écrit qu'elle a travaillé, pendant un temps étrangement long, à confectionner les ourlets d'un grand tartan destiné à servir de drapeau.

– Pardon, monsieur ? Un grand quoi ?

– Un tartan ! Vous m'agacez avec vos questions bêtes, Farrey. Le tartan est le célèbre tissu de laine à carreaux avec lequel on fait les kilts, par exemple… Vous n'avez jamais vu un kilt écossais de votre vie, Farrey ?

– Si, si, bien sûr, oui, oui, je vois très bien.

– Bon. Merci de vous taire, maintenant, et écoutez bien la suite. Mon aïeule dit que peut-être – peut-être, Farrey ! – cette recette incomparable se trouve cousue quelque part sur le tartan qui flotte au sommet de la tour du château d'Armadale. C'est à ce sujet que je vous ai fait venir. Je veux que vous organisiez le vol de ce tartan. Le château est en ruine, mais il sert de musée pour raconter l'histoire du clan MacDonald. Et j'ai lu sur Internet qu'ils ont hissé l'ancien drapeau ces jours-ci, en l'honneur des Highland Games, un festival sportif et musical qui a lieu chaque été à Skye. Ce sera la semaine prochaine. Le moment est propice.

– Excusez ma question, bredouille Farrey, mais pourquoi souhaitez-vous voler ce… tartan ? Il ne suffit pas de l'emprunter pour l'analyser sous toutes ses coutures ?

– Encore une sotte remarque ! Si on montre de l'intérêt pour ce stupide tissu, c'est alors que les gens auront des soupçons. Non, je veux qu'il disparaisse de la tour et qu'il me soit livré ici. Les recherches ne dureront pas longtemps, la police laissera tomber, on croira à un défi bête, vous savez, le touriste qui parie de rapporter dans ses bagages le tartan d'Armadale… Et moi, je récupérerai la recette et j'augmenterai ma fortune en commercialisant ces exceptionnels biscuits.

Arthur Farrey fait oui de la tête. C'est logique. Entre beaucoup d'autres activités plus ou moins légales, le patron possède une florissante chaîne de pâtisseries, dont le succès sera encore plus brillant grâce à cette nouveauté…

– Je vous offre dix mille dollars, Farrey, et bien entendu je vous paie le voyage jusqu'à Skye. Vous avez un contact, là-bas, dans votre carnet d'adresses ? Quelqu'un qui puisse voler le tartan et vous le remettre ?

Arthur Farrey réfléchit un instant, puis son regard s'éclaire.

– Oui, je connais quelqu'un !

– C'est bien ce que je pensais, fait MacGeffrey en se frottant les mains.

Le milliardaire méprise Farrey, qu'il trouve mou et hésitant. Mais c'est un homme précieux parce qu'il connaît du monde dans tous les pays. Arthur Farrey vaut trois réseaux sociaux à lui tout seul, c'est pourquoi il serait difficile de se passer de ses services ! Ce n'est pas lui qui grimperait en haut d'une tour, oh non. Mais il fait un excellent intermédiaire.

– Bien. Quatre mille dollars en plus pour votre complice s'il parvient à vous remettre le tartan volé. Je vous laisse organiser ce petit coup…

Le portable de MacGeffrey sonne dans sa poche, et de nouveau, Arthur Farrey se retrouve à la porte du confortable bureau. Mais cette fois, il ne s'attarde pas dans la salle d'attente, retourne en toute hâte chez lui, et décroche son téléphone.

*
**

– Comment ça, vous hésitez ? Quatre mille dollars, ça ne vous intéresse pas, mon ami ? Vous êtes donc si riche ?

Un soupir fait vibrer l'oreille d'Arthur Farrey, qui écarte avec une grimace le téléphone de son tympan. Son interlocuteur répond d'une voix indécise :

– Skye est une petite île. Je suis né ici, beaucoup de gens me connaissent. Je serai vite identifié à monter sur la tour pour chiper ce tartan. Les caméras de vidéosurveillance, les empreintes…

– Portez un voile, des gants, des chaussures volées, je ne sais pas, moi ! coupe Farrey d'un ton impatient. Dans votre métier, vous ne devez pas manquer d'imagination, si ?

Un nouveau coup de souffle fait grésiller le téléphone.

– Et arrêtez de soupirer ! C'est une manie ! Je vous propose quatre mille dollars et vous faites le difficile !

Après un silence de quelques secondes, la voix de l'Écossais reprend :

– Ça fait une somme, quand même. Je vais tenter le coup. J'ai peut-être une idée…

Chapitre 1

– Ce sont des mouettes rieuses, affirme Juliette. Je m'y connais en oiseaux marins.

– Et moi, je te garantis que ce sont des sternes arctiques, rétorque Gwen. J'en vois plus souvent que toi en Bretagne !

– Mettez-vous d'accord, ce n'est pas la même chose, s'esclaffe Alix.

Les trois filles, accoudées au bastingage d'un petit ferry vrombissant, observent un groupe d'oiseaux en plein vol au-dessus de la mer grise. À leurs pieds, Hector n'a que faire de cette querelle de spécialistes. Il fixe du regard la coque qui fend les vagues en projetant des gerbes d'écume, et agite la queue, tout excité par l'odeur de sel mêlée à celle du mazout.

La voix claire de Clémence, postée à l'avant du bateau, attire l'attention de ses amies :

– *We arrive, girls, the isle is getting nearer ! Look over there !*

– Tu ne peux pas parler en français ? supplie Gwen. Le stage ne commence que dans trois jours…

Clémence se rapproche de ses amies en souriant.

– Je disais qu'on se rapproche de l'île de Skye. On y est presque. Regardez comme elle est belle.

Les filles passent un moment à contempler en silence la côte bien découpée dont le relief se précise.

– Vous êtes françaises ? interroge, avec un accent britannique prononcé, un passager qui s'est aussi installé à l'avant pour assister à l'arrivée.

– Oui, répond volontiers Juliette.

– De Bretagne, à ce que j'ai entendu ? demande le voyageur. Quelle belle région, je l'aime beaucoup, j'y passe parfois mes vacances.

– C'est moi qui suis de là-bas, claironne Gwen, toute fière de ce compliment fait à sa terre chérie. Mes trois amies sont parisiennes.

– Ah, Paris ! C'est vraiment une ville splendide, s'exclame l'inconnu. Ses rues, ses musées, et son fleuve… *Sous le pont Mirabeau coule la Seine*, comme dit Apollinaire, vous voyez, je connais aussi la poésie française !

Les filles hochent la tête, en se promettant intérieurement de lire le poème en question sur Internet à la première occasion.

– Vous venez donc à Skye pour un stage ? continue le passager bavard.

– Un stage d'anglais, précise Alix.

– Hum… Toutes les quatre ensemble ? Le risque, c'est que vous allez parler français entre vous, parce que j'ai l'impression que vous êtes les meilleures amies du monde !

– Non, parce qu'on va dans des familles d'accueil différentes, explique Clémence. Comme le stage commence seulement lundi, pendant trois jours on va loger ensemble chez une dame, mais ensuite on se séparera.

– Ça vaut mieux, soupire Gwen comme si elle pensait exactement le contraire. En plus, Clémence parle trop bien anglais. Elle en fait beaucoup dans son école. Quand on est arrivées à Glasgow, quelqu'un lui a même dit qu'elle avait un accent écossais !

L'homme éclate d'un rire malicieux :

– Je ne sais pas si c'est un compliment ! Les Écossais ont un accent « à couper au couteau », comme vous dites en France. Pour moi qui viens du sud de l'Angleterre, c'est toujours très drôle d'entendre parler une personne d'ici.

Voyant les quatre filles bouche bée, l'Anglais se rend compte que sa remarque spontanée s'apparente à une gaffe, et il tempère aussitôt :

– Excusez-moi, je ne voulais pas être vexant. Avoir un accent écossais, c'est déjà parler comme une Britannique, n'est-ce pas ! Et puis, écoutez-moi prononcer votre belle langue… Je l'articule « comme une vache espagnole », c'est ainsi qu'on dit, je crois ?

Clémence sourit devant les efforts de l'Anglais pour se rattraper. Sans rancune. Et puis, comment perdre son temps à se formaliser quand le décor est si beau ? Le bateau se rapproche d'un petit port dominé par des montagnes escarpées, dont les pentes, sous le ciel maussade, ont un aspect sombre et sauvage. Juliette se frotte les mains.

– Vous avez pris vos chaussures de marche, les filles ? J'ai bien envie de grimper sur l'un de ces sommets, demain. De là-haut on doit avoir une vue magnifique sur l'île entière…

Hector pousse un jappement enthousiaste, comme s'il avait bien compris les paroles de sa maîtresse et qu'il lui tardait de se dégourdir les pattes sur un sentier de montagne. Mais l'Anglais intervient de nouveau :

– Les montagnes que vous voyez d'ici sont celles de Cuillins, distantes de 15 miles – pardon, 25 kilomètres environ. On a l'illusion qu'elles sont beaucoup plus proches, mais si vous êtes logées par ici, ce sera long d'y aller à pied…

Les filles se regardent, la même pensée leur traverse la tête. Cet Anglais commence à les agacer un peu. Pour qui les prend-il, pour des poules mouillées en manque de vitamines ?

– *Dans la troupe, y a pas d'jambes de bois*, fredonne Alix. Vous connaissez ? C'est un autre poème français…

L'Anglais rit doucement, puis, sentant probablement que les quatre filles préféreraient rester entre elles, il s'éloigne en leur souhaitant une bonne journée et un bon séjour sur l'île de Skye.

– Oh, regardez là-bas, sur notre droite ! Des loutres ! s'écrie Juliette. J'ai lu dans mon guide qu'on en voyait par ici.

– Ce sont des phoques, plutôt, la contredit Gwen.

– Dis donc, toutes les deux, vous n'allez pas recommencer, s'amuse Alix. Ou alors je vous mettrai d'accord en jurant que ce sont des morses.

– En tout cas, c'est amusant, on dirait que ces bêtes ont une bergère, murmure Clémence.

En effet, six ou sept animaux marins se prélassent sur un rocher à bonne distance du bateau. Certains sont couchés, d'autres se roulent sur le dos puis sur le ventre. L'un d'eux, dressé sur ses pattes, semble observer le ferry. Il se tient tout contre une silhouette féminine enveloppée d'un manteau ample. La femme, debout sur le bloc de pierre, paraît aussi suivre du regard le bateau de la *Caledonian*. Puis celui-ci vire pour entrer dans le port, et la vision étrange et fugitive disparaît au loin.

Quelques minutes plus tard, les voyageuses entourent une femme aux cheveux blancs et courts. Leur logeuse a l'air dynamique, vive, joyeuse. Mais les béquilles sur lesquelles elle s'appuie laissent deviner qu'elle n'a pas une forme olympique.

– Je suis vraiment désolée de vous accueillir dans ces conditions, articule-t-elle lentement pour être sûre d'être comprise des quatre filles. Je me suis foulé la cheville ce matin, j'ai fait une mauvaise chute en bricolant chez moi !

– C'est nous qui sommes désolées, répond Clémence avec sincérité. Vous avez mal ?

– Pas trop… Mais moi qui voulais vous emmener partout en promenade, je vais devoir réduire mes ambitions sportives. En tout cas, Clémence, félicitations, vous parlez très bien. Est-ce qu'on vous a déjà dit que vous aviez un accent écossais ?

Les quatre amies se regardent en souriant tandis que Mary, leur logeuse, fait passer sa béquille droite dans la main gauche pour caresser Hector.

– Il est trop mignon, dit-elle, attendrie. Un épagneul, hein ? Il est plutôt petit pour un chien de deux ans.

– Il n'a pas tout à fait deux ans, répond Juliette.

– Mais je peux vous garantir qu'il est déjà très futé, s'exclame Clémence qui craint toujours les animaux, à l'exception d'Hector dont elle raffole.

Hector se trémousse d'un air charmeur sous la caresse de Mary, puis il détale comme un lièvre, remonte la rue du port, tourne à gauche et disparaît.

– Qu'est-ce qu'il fabrique ? s'exclame Juliette. Hector ! Hector ! crie-t-elle. Puis elle met la main sur sa bouche, confuse, parce que tous les passants qui déambulent sur le petit port se sont tournés vers elle. La tête d'Hector se montre de nouveau au coin de la rue où il s'était engagé. Il s'assied sur le goudron en regardant les filles et Mary avancer vers lui, lentement, au rythme des béquilles de l'Écossaise. Puis, sans attendre qu'elles aient atteint l'angle, il se relève et continue son chemin en trottinant gaiement.

– Comment sait-il que ma maison est par là-bas ? demande Mary étonnée.

– Vous l'avez caressée, il vous a flairée, il sait d'où vous venez, répond Juliette comme s'il s'agissait d'une évidence. Tu traduis, Clémence ? dit-elle en se tournant vers son amie.

– Je vois qu'il est très intelligent, en effet, constate Mary une fois que Clémence a rempli sa mission d'interprète.

– C'est un vrai GPS, le cerveau en plus, dit Gwen. Tu peux traduire aussi, Clémence ?

– Ah non ! répond Clémence. Il va falloir vous jeter à l'eau, les filles. *Dive in the water*, en anglais.

– Ah, vous aimez vous baigner ? demande Mary. Attention, elle est froide ici !

Clémence sourit.

– C'était juste une image… Mais oui, on aime toutes les bains de mer, et on n'a pas peur du froid ! Ça nous rappellera la Bretagne, hein, Gwen ?

– Et aussi la Camargue, ajoute Alix en souriant.

La maison de Mary est aussi accueillante que sa propriétaire. Les filles se sentent aussitôt chez elles dans la chambre commune que l'Écossaise leur a préparée sous les vieilles poutres des combles. À peine les sacs de voyage ont-ils atterri sur la moquette moelleuse qu'Alix décroche son téléphone.

– Allô, maman, oui, on est arrivées, tu pourras donner de bonnes nouvelles aux autres parents ! Le voyage s'est super bien passé… Non, pas de retard… Non, comment veux-tu qu'on s'ennuie quand on est toutes les quatre ensemble ? … Oui, Mary nous attendait au port comme convenu, elle est très gentille, par contre elle s'est foulé la cheville… Pas drôle, non… Mais elle a des tonnes de bonnes idées, et là, elle vient de nous indiquer comment aller au château d'Armadale. Tu sais, le château en ruine qu'on avait vu en photo sur Internet... Maman, voyons, tu crois sérieusement qu'on va se mettre en danger dès qu'on est toutes les quatre toutes seules ?

La voix d'Alix a pris un ton mi-contrarié, mi-amusé. Clémence, Juliette et Gwen rient sous cape en se regardant d'un air complice.

– Non, maman, c'est promis, on essaiera de ne pas se lancer dans une aventure rocambolesque. De toute façon, tu sais, il y a le barrage de la langue... Des détectives qui ne parlent pas anglais, ici, ça limiterait leur efficacité... Oui, on le parlera mieux à notre retour en France, on va porter tous nos efforts là-dessus !

*
**

La tour crénelée du château d'Armadale se dresse, massive, devant les quatre filles. Le temps s'est levé et les nuages gris passent au galop dans le ciel bleu, poussés par le vent de mer qui semble vouloir les chasser au bout du monde.

– Regardez, dit Juliette à ses amies, avec ces nuages qui avancent, on a l'impression que la tour va tomber sur nous.

Les filles restent un moment les yeux levés au ciel, à s'amuser de l'illusion optique. Au sommet de la grosse tour carrée, un drapeau claque fièrement dans le vent, déployant ses carreaux écossais au-dessus d'Armadale.

Une cacophonie de sons stridents éclate soudain derrière les filles qui font volte-face dans un mouvement général de panique. Hector s'est mis à hurler à la mort. Juliette rit la première, aussitôt imitée par ses amies. Un groupe d'une quinzaine de joueurs de cornemuse s'est installé sur la pelouse, au beau milieu du magnifique jardin d'Armadale, et a entonné un air traditionnel.

– Bienvenue en Écosse ! crie Clémence pour dominer le vacarme des instruments.

– Ils doivent répéter pour les Highland Games, hurle Alix.

– Ils font bien, dit Gwen dans un éclat de rire, ce n'est pas encore très juste !

– C'est maintenant que la tour va s'effondrer, s'amuse Juliette. Hector, Hector !

L'épagneul s'enfuit ventre à terre, terrorisé par le fracas inconnu des cornemuses. Les quatre filles lui courent après en riant ; le chien les entraîne derrière la tour carrée, puis poursuit sa route le long de la bâtisse qui flanque le donjon, comme s'il avait le diable à ses trousses. Il est devenu imbattable à la course, et les filles peinent à le suivre ; affolé par la musique qui continue à déchirer l'air, insensible aux appels de Juliette et de Clémence, il disparaît derrière une petite tour.

– Où est-ce qu'il est passé ? s'exclame Clémence pantelante.

– Il a dû rentrer dans la tourelle, répond Alix tout aussi essoufflée que sa cousine. Regardez, là, il y a une grille, il a pu passer à travers les barreaux.

En effet, un soupirail est ouvert à même le sol. Mais les filles n'ont aucune chance de se faufiler à travers les étroites barres de fer verticales.

– On n'a plus qu'à trouver la porte d'entrée, peste Juliette. Si j'avais su que les épagneuls étaient allergiques aux cornemuses, j'aurais laissé Hector en France ! C'est un truc que mon vétérinaire ne m'avait pas dit.

Gwen sourit :

– Laisser Hector ? Pas possible. Il nous aurait trop manqué.

À cet instant, un jappement familier, dominant à peine le son des cornemuses, leur fait lever la tête. Hector se tient au sommet de la tourelle et pointe le museau entre deux créneaux.

– C'est malin, Hector ! crie Juliette. Ne bouge pas, on arrive pour te faire descendre.

Alix remarque alors une corde qui pend le long de l'édifice. Elle tire dessus ; la corde résiste, nouée sans doute au sommet de la tour.

– Je vais monter par là, s'exclame Alix. Vous n'avez qu'à m'attendre ici.

Clémence regarde sa cousine avec un sourire. Parmi les nombreuses passions sportives d'Alix, l'escalade figure en bonne place ; entre une corde et un banal escalier, Alix choisira toujours la solution la plus directe et la plus verticale. Elle s'élance déjà ; la voilà qui se hisse à la force de ses bras, agile comme un singe le long d'une liane.

– Attention, tu n'es pas assurée, crie Juliette.

– Cette tour-ci n'est pas haute, répond Alix par-dessus son épaule. Aucun danger.

Quelques secondes plus tard, en effet, Alix se rétablit avec souplesse sur les créneaux. Hector lui fait fête ; elle lui prend affectueusement la tête entre ses mains, puis l'attrape à bras-le-corps pour lui passer la corde autour du ventre et le faire descendre le long du mur.

Au moment où elle s'apprête à redescendre à son tour après avoir vu Hector atterrir sain et sauf dans les bras de Juliette, Alix aperçoit deux personnes qui l'observent à distance. Un homme, et une femme vêtue d'un pull rouge, sans doute un couple, assis en tailleur sur la pelouse. Voyant qu'elle les regarde, la femme bat des mains en signe de félicitations, tandis que l'homme lève le pouce. S'ils sont trop loin pour qu'Alix puisse distinguer leurs visages, leurs gestes sont éloquents : ils admirent sa manière originale de passer d'un étage à un autre ! Alix rit, leur fait un petit signe de la main et se laisse glisser lestement sur le sol.

– Tu as des fans, on dirait, lui dit Juliette en désignant d'un coup de menton les deux silhouettes qui s'éloignent à travers le jardin.

– On y va ? suggère Clémence. Sinon Hector risque de fuguer à nouveau.

En effet, le petit épagneul gronde et gémit au son incessant des cornemuses.

– Allons-y, dit Alix. En plus, Mary nous attend pour le thé à cinq heures.

– Comment je vais faire, maugrée Gwen, je n'aime pas le thé !

– Tu te contenteras des scones.

– Qu'est-ce que c'est ?

– Des petits gâteaux qui accompagnent le thé. Mary était en train de faire la pâte quand on a quitté la maison.

Les filles retraversent le village en parlant sans cesse, comme pour faire provision de bavardages avant le jour où elles rejoindront leurs familles d'accueil respectives. En passant devant un magasin de pêche, Alix effleure la vitrine du regard, puis s'arrête, amusée, en repérant dans la vitre le reflet des deux personnes qui avaient admiré ses exploits de grimpeuse. L'image est indistincte, mais le pull rouge de la jeune femme fait une tache de couleur sur la vitrine. Alix se retourne, mais ne les aperçoit nulle part.

– Qu'est-ce que tu cherches ? demande Clémence en voyant sa cousine lever un sourcil perplexe.

– Rien… J'ai cru reconnaître les deux personnes qui m'ont regardée grimper tout à l'heure.

– Ton fan-club veut un autographe, s'amuse Juliette. Mais… Ils sont où ?

– J'ai dû rêver. Il faut que j'arrête de croire que les gens me courent après…

Et Alix se remet en marche avec un petit rire insouciant. Le village d'Armadale n'est pas grand et les filles arrivent rapidement chez Mary. La porte s'ouvre sur une délicieuse odeur de gâteaux chauds. Mary s'active devant la plaque de cuisson qu'elle vient de sortir du four, couverte de scones ronds et dorés.

– *Let me do it*, s'exclame Clémence en voyant leur logeuse faire mine de transporter le goûter sur la table.

– Merci, répond Mary. Puis elle ajoute à l'attention de Gwen, en détachant chaque syllabe :

– Gwen, peux-tu s'il te plaît aller prendre mon courrier dans la boîte aux lettres ?

– *Yes*, bien sûr, répond Gwen toute contente d'avoir compris.

Lorsqu'elle revient une minute plus tard, Mary et ses invitées se sont assises à la table devant les scones fumants. Gwen tend à Mary un journal et deux enveloppes, puis elle met la main sur l'épaule d'Alix :

– C'est la gloire, ma chère amie. Tu avais raison, ton fan-club marche sur tes pas. J'ai reconnu le pull rouge de la dame, à deux ou trois maisons d'ici.

– Ils sont voisins, alors, dit Alix. Ils rentraient chez eux.

– Je ne crois pas.

– Pourquoi tu dis ça ? interroge Juliette surprise.

– Ils étaient devant une clôture de jardin et regardaient dans ma direction. Quand nos yeux se sont rencontrés, ils sont repartis en sens inverse…

Un silence général s'installe autour de la table, tandis que Mary sert le thé ; elle n'a pas compris un traître mot à cette conversation en français.

– Blague à part, reprend Gwen dans un souffle, moi je trouve ça bizarre.

– Moi aussi, un peu, murmure Clémence.

Alix et Juliette opinent d'un mouvement de tête tout en mordant dans les scones.

Chapitre 2

La brise marine ne suffit pas à dissiper le brouillard qui s'est installé au cours de la nuit sur la baie d'Armadale. Tout juste promène-t-elle sur la lande des effluves de marée, d'algues et de poisson qui font frémir le museau d'Hector.

– Attendez-nous, Gwen refait son lacet ! crie Clémence à Juliette et Alix.

Elle voit les deux silhouettes s'arrêter dix mètres en avant, formes floues à moitié gommées par la brume opaque.

– C'est vrai qu'on se perdrait facilement dans cette purée de pois, dit Alix une fois que les deux retardataires les ont rattrapées.

– Heureusement que Mary nous a dit que la vue était magnifique d'ici ! s'amuse Juliette.

Hector se met à aboyer. Presque aussitôt, une forme fantomatique apparaît devant le petit groupe, surgie du brouillard et surtout du passé. C'est une ravissante jeune femme vêtue d'une robe ample d'autrefois, dont les ourlets balaient la bruyère. Par-dessus cette robe en velours bleu, elle porte un large manteau de laine noire, ouvert par-devant, et dont les plis tombent aussi jusqu'au sol.

Le visage de la jeune femme, beau comme ceux que l'on voit sur les tableaux des musées, est encadré par des boucles brunes dont le vent dérange à peine l'ordre impeccable. L'inconnue a un teint de porcelaine, mais ses joues empourprées montrent qu'elle a couru, et ses yeux gris clair, brillants comme deux *lochs*, trahissent une vive inquiétude.

– Bonjour mesdemoiselles, dit-elle d'une voix entrecoupée par l'essoufflement, en français, avec un charmant accent.

– Bonjour, madame, répondent ensemble les quatre filles stupéfaites.

– Puis-je vous demander de l'aide ? s'écrie la jeune inconnue. Je m'appelle Flora MacDonald, vous connaissez sûrement mon nom.

– C'est-à-dire que… en fait, non, répond Gwen avec honnêteté, tandis que ses trois amies secouent la tête pour avouer leur ignorance.

– C'est parce que vous êtes étrangères, reprend Flora MacDonald tout en reprenant haleine. J'appartiens à la noblesse écossaise la plus ancienne et la plus respectée.

Les filles restent muettes de stupeur devant cette présentation inhabituelle, qui s'accompagne d'un mouvement de tête distingué. Quel réflexe étrange que d'affirmer l'importance de son rang alors même qu'on a besoin d'aide !

– Et en quoi peut-on vous rendre service ? demande Clémence avec un certain agacement devant ce manque de simplicité.

– Ce n'est pas pour moi, s'empresse de répondre la jeune femme. C'est pour le prince Charles.

Les filles se regardent bouche bée, puis leurs yeux se fixent à nouveau sur la jolie inconnue.

– Je veux parler du jeune prince Charles Stuart, bien sûr. Celui qui vient d'être vaincu à la bataille de Culloden. Vous avez entendu parler de sa défaite, tout de même ?

Clémence articule d'un ton hésitant :

– Euh… nous n'avions pas de connexion Internet ces derniers jours et…

– Nous avons peut-être un peu de retard sur l'actualité ? complète Juliette, voyant que son amie laisse ses derniers mots flotter en suspens dans le brouillard.

– Peu importe, reprend l'étonnante Flora. Le prince Charles est là-bas, caché derrière un rocher. Il a fui à Skye, traqué par ses ennemis, il est épuisé, mal en point, à demi mort de froid ; m'aiderez-vous à lui porter secours ?

Les filles braquent le regard dans la direction que la jeune Écossaise leur indique d'un geste de la main. Peine perdue ; leur vision bute à quelques mètres de là sur le mur cotonneux du brouillard.

– Mais… commence Alix au comble de la perplexité.

Gwen la pousse doucement du coude :

– Même si on n'y comprend rien, il y a quelqu'un là-bas qui a besoin d'aide. On ne va pas passer à côté sans voir si on peut faire quelque chose pour lui, si ?

Clémence, Juliette et Alix baissent les yeux sur la « petite » Gwen qui mesure une tête de moins qu'elles et sera toujours la plus jeune de la bande. Pourtant, l'air sérieux et intrépide avec lequel elle vient de parler force le respect.

– Vous nous emmenez ? dit Clémence en se tournant vers la belle jeune fille.

Flora MacDonald s'enfonce à pas vifs dans le brouillard. Les mouvements de sa large robe révèlent parfois des bottines à talons qui, songe Alix, ne doivent pas être idéales pour arpenter la lande. Elle admire d'autant plus la rapidité avec laquelle Flora parcourt la bruyère, légère, presque aérienne.

– Et si c'était un fantôme ? songe Clémence, prise d'un doute.

Un juron étouffé répond à sa question. Flora MacDonald vient de se tordre la cheville. Mésaventure qui ne peut pas vraiment arriver à un fantôme. Clémence s'immobilise une seconde, tandis que Flora s'est déjà remise à courir.

– Fatiguée ? demande Juliette à Clémence en s'arrêtant à côté d'elle.

– Non, répond Clémence à mi-voix en redémarrant. Mais ça m'étonne… Enfin, disons que tout m'étonne dans cette histoire, mais une chose m'étonne en particulier…

– Quoi ?

– D'entendre un gros mot dans la bouche d'une personne aussi raffinée.

Juliette éclate de rire.

– Tu crois que les vraies princesses parlent comme celles des livres ?

Son amie hausse les épaules.

– Et qui nous dit que c'est une vraie princesse ?

Clémence freine brusquement : Flora MacDonald s'est arrêtée, Alix et Gwen à ses côtés. Elle se penche sur une silhouette recroquevillée derrière un rocher. Hector s'approche prudemment pour renifler le pourpoint à carreaux écossais dont est vêtu le jeune homme couché. Il mordille l'un des gros boutons dorés qui le ferment, comme s'il voulait aider l'inconnu à se relever.

– Altesse, dit en français Flora MacDonald en secouant l'épaule de ce dernier. Altesse, j'ai trouvé de bonnes âmes pour vous secourir. N'ayez crainte, vous êtes bien entouré à présent.

Le jeune homme ouvre les yeux. Il paraît fatigué et malade, mais les filles sont frappées par la délicatesse de son visage, presque féminin, sous sa perruque poudrée.

– Il est beau, n'est-ce pas, s'attendrit Flora MacDonald. Ce n'est pas pour rien que les Écossais l'appellent « Bonnie Prince Charlie », « le beau prince Charlie ». Pour arriver à Skye, figurez-vous qu'il s'est costumé en fille, en servante ! ajoute-t-elle en souriant.

Les quatre filles se sont accroupies autour du prince fugitif. Celui-ci échange avec Flora MacDonald un regard impénétrable, déroutant. Les filles ont l'impression d'y lire plein de choses qu'elles n'arrivent pas à déchiffrer. En tout cas, songe Juliette qui aimerait bien pouvoir exprimer son impression à voix haute avec ses amies, c'est un regard qu'on dirait complice, chose étonnante entre un jeune homme censé être en détresse et une jeune femme supposée voler à son secours.

– Et maintenant, expliquez-nous, dit Clémence après un temps de silence. Qu'est-ce qu'on peut faire pour vous ?

« Bonnie Prince Charlie » esquisse un sourire charmeur et répond en bon français :

– Nous dire si nous sommes crédibles à vos yeux.

Voyant les quatre filles muettes comme des carpes, définitivement estomaquées, les jeunes gens éclatent de rire en chœur.

– Ah ah ah ! C'est vraiment drôle, s'exclame Flora MacDonald au milieu de son accès d'hilarité. Puis elle retrouve son calme, tire de sa manche un mouchoir en dentelle pour s'essuyer les yeux, et dit aux filles :

– Ne le prenez pas mal, nous ne nous moquons pas de vous. Mais c'était important pour nous de vérifier que nous jouions notre rôle convenablement.

– ?

Les yeux interrogateurs des quatre amies vont d'un personnage à l'autre.

– Nous sommes acteurs, explique le jeune homme. Je m'appelle Mark, et voici Fiona – ça ressemble un peu à Flora. Nous répétons nos rôles pour un film historique autour de la romantique évasion du prince Charles Stuart à Skye après sa défaite contre les Anglais à Culloden en 1746… Il a été aidé dans sa fuite par Flora MacDonald qui était en effet une courageuse jeune noble de l'île. Presque aussi jolie que mon amie Fiona.

– Merci pour le compliment, sourit Fiona.

– De rien. Tu pourrais me le retourner en disant que Bonnie Prince Charlie était presque aussi beau que moi.

Mark part d'un rire qu'il espère visiblement contagieux. Mais les filles, encore stupéfaites, le dévisagent avec gravité. Au bout de quelques secondes, elles se détendent tout de même sous l'effet de cette gaieté communicative, et Clémence dit en souriant :

– Si je devais vous donner une note pour votre petite scène, je dirais 7 sur 10.

– Vous êtes un jury exigeant, je vois ! répond Mark, beau joueur. Donc nous ne vous avons pas complètement convaincues ?

– Pas complètement, non.

– Ce sont nos costumes d'époque qui vous ont fait penser que nous faisions du théâtre ?

– Pas seulement. C'était trop étonnant, tout ça. Et puis j'ai entendu votre amie Fiona dire un gros mot, ça m'a donné des doutes.

Fiona s'amuse beaucoup.

– Tu as raison, c'était maladroit.

Puis elle se rembrunit et dit en regardant Mark :

– J'espère surtout que je ne vais pas avoir un 0 sur 20 pour la scène d'escalade.

– Je comprends qu'elle t'angoisse, répond Mark.

– Quelle scène d'escalade ? intervient Alix dont la curiosité est piquée au vif.

Fiona lui répond :

– Je dois monter au sommet d'une tour pour aller décrocher un drapeau. La scène sera filmée de nuit, ce qui cachera la maladresse de mes gestes, et je serai bien assurée. Malgré ça, j'ai peur de ne pas y arriver. Je n'ai jamais fait d'escalade de ma vie. Au casting, ils m'ont dit que ce ne serait pas très difficile. Mais j'en rêve toutes les nuits, ça me fait peur ! En plus, faire de l'escalade dans cette robe longue, avec ces bottines… Je ne vous fais pas de dessin, ça va compliquer les choses !

Le joli visage de Fiona exprime une crainte désarmante, tandis que, par contraste, une lueur enthousiaste passe dans les yeux d'Alix :

– J'adorerais tourner une scène pareille, quel *challenge*, comme vous dites en anglais !

Fiona regarde fixement Alix comme si une idée subite lui était venue. Puis elle dit :

– Tu ne voudrais pas la tourner à ma place ?

– ?

Cette fois, Mark paraît aussi stupéfait que les quatre filles. L'étonnement le fait revenir à la langue anglaise, et seule Clémence comprend sa remarque :

– Qu'est-ce que tu vas inventer, Fiona ? Ce n'est pas légal, cette petite Française n'est pas assurée en cas de chute, et puis, comment serait-elle payée pour son doublage ?

Mais Fiona s'entête et poursuit en français :

– Ce n'est pas dangereux, puisqu'il y a la corde d'assurage. Et bien sûr, je prendrais sur mon salaire pour remercier… comment t'appelles-tu ?

– Alix, répond vivement celle-ci. Mais je ne ferais pas ça pour de l'argent, vous savez. C'est un service que je vous rendrais gratuitement, parce que ça m'amuse.

Clémence fixe sa cousine du regard, bouche bée. Elle ne se rappelle pas être passée de surprise en surprise à un rythme aussi soutenu, non, jamais dans sa vie. L'attitude d'Alix lui paraît bien imprudente. Réagir comme cela à une proposition faite par une parfaite inconnue, sans réfléchir, alors même qu'elle vient de promettre à sa mère que les aventures hasardeuses seront exclues de ce séjour en Écosse… Elle s'apprête à intervenir quand Gwen bat des mains :

– Quand est-ce que la scène doit être tournée ? J'ai hâte de voir Alix grimper en robe longue !

– Cette nuit, si le brouillard se lève comme la météo l'a annoncé, répond Fiona.

– Alix, je ne sais pas si c'est bien raisonnable, tout ça, déclare Juliette d'un air préoccupé, se faisant l'écho des pensées de Clémence. Je pense qu'il faut réfléchir.

– C'est tout réfléchi, s'exclame Alix. Qu'est-ce que je risque ? Rien du tout. Sauf de piquer un fou rire au milieu de la tour si je me prends les pieds dans la robe. Au fait, de quelle tour est-ce qu'il s'agit ?

– Celle du château d'Armadale, répond Fiona.

– La plus haute ? Celle qui est surmontée d'un genre de drapeau en tissu écossais ?

– Un tartan. Exactement. C'est celui-ci que je dois aller décrocher dans une scène du film.

– À quoi ça sert dans l'intrigue ?

Fiona s'apprête à répondre quand Mark l'interrompt :

– Attendez. Je continue à avoir des doutes, comme vous deux, dit-il en se tournant vers Clémence et Juliette. Il faut demander son avis à la conservatrice du château, en tout cas. C'est la conseillère technique du film, précise-t-il. Elle est très aimable, mais elle saura nous dire si cet arrangement pose des problèmes par rapport à la loi ou à la sécurité.

Fiona prend la parole d'un ton déterminé :

– Allons lui parler maintenant, vous voulez bien ?

– Elle est au château ? demande Alix.

– Quelle drôle d'idée, rétorque Juliette en souriant ! J'imagine très bien un bureau dans ce château en ruine.

– Le musée du clan MacDonald se trouve juste à côté, insiste Alix, piquée au vif. Je suppose qu'il y a des bureaux là-bas, mademoiselle Contradictoire.

Clémence regarde sa cousine. Elles se connaissent si bien, toutes les quatre, qu'Alix a très bien perçu les réticences de Juliette et de Clémence, et elle manifeste ainsi son agacement. Fiona aussi se rend compte de la tension qui règne au sein de la petite bande. Elle dit d'un ton conciliateur :

– Il est vrai qu'il y a des bureaux là-bas, mais nous n'y trouverons pas Lizzy, la conservatrice. Elle ne travaille pas aujourd'hui. Nous avons justement rendez-vous au salon de thé pour mettre au point les derniers détails concernant la scène de ce soir.

Les six marcheurs, suivis d'Hector, rebroussent chemin vers le petit port d'Armadale. Juste avant de l'atteindre, Mark dit aux filles :

– Attendez-nous une minute, nous allons nous changer, nous avons laissé nos vêtements dans des cabines sur la plage. Nous remontons tout de suite.

– Vous êtes très beaux en costume, dit Alix en souriant.

– Oui, mais ce n'est pas Carnaval. On attirerait l'attention dans le village.

– Et alors ? chuchote Juliette à Clémence. Ce serait grave ?

– Non, mais bon… Tu te promènes souvent déguisée dans la rue, toi ?

– Ben… Non.

– Et pourquoi ?

– Parce que… J'ai pas de déguisement.

– Mais si tu en avais un ?

– Parce que… C'est pas Carnaval.

– Tu vois.

Les deux filles éclatent de rire.

– Qu'est-ce qui vous amuse ? demande Alix qui se tient à deux mètres d'elles avec Gwen, comme si une frontière séparait les deux camps divisés par la question du tournage.

Juliette et Clémence n'ont pas le temps de répondre ; les acteurs sont déjà là, en tenue ordinaire. Mark a changé de tête sans sa perruque. Des cheveux blonds mi-longs encadrent maintenant son visage délicat. En les voyant apparaître, Gwen étouffe une exclamation et demande à Fiona d'une voix candide :

– Vous aviez un pull de quelle couleur, hier ?

La jolie jeune fille se trouble.

– Pourquoi cette question ? dit-elle. Il était… Il était… Voyons, je ne sais plus.

– Rouge ?

– Ah, ça non, ce n'est pas possible. Je n'ai pas de pull rouge, répond Fiona avec un rire léger. Il était vert, ça me revient. Je me demande bien quel intérêt vous avez à me demander ça !

– Bon, intervient Alix impatiente. On va voir la conservatrice ?

Mark et Fiona se dirigent vers le salon de thé en bavardant avec Alix, tandis que Gwen s'attarde en arrière avec Juliette et Clémence.

– Je suis sûre que ce sont eux. Les deux d'hier. Maintenant qu'elle est en jean, je reconnais bien sa silhouette. C'est elle que j'ai vue en sortant chercher le courrier. C'est bizarre, tout ça…

Juliette et Clémence la fixent des yeux avec une telle intensité que Juliette trébuche sur Hector qui pousse un jappement furieux. Alix se retourne et regarde ses trois amies. Qu'ont-elles à être si méfiantes ? Bien sûr, elle aussi se rappelle les silhouettes assises sur la pelouse du château, hier, puis aperçues en reflet dans la vitrine du magasin de pêche. Oui, ce sont sûrement les deux acteurs. Mais où est le problème ? Fiona l'a repérée pour ses talents de grimpeuse, et elle avait son idée derrière la tête, tout à l'heure, sur la lande, lorsqu'elle a abordé le petit groupe. Et alors ?

Chapitre 3

La météo voyait juste. À vingt-trois heures, c'est dans un ciel sans brume que la nuit happe les dernières lueurs du soir. Gwen réprime un bâillement. À cause de la longueur des journées d'été, le tournage de la scène d'escalade ne peut commencer que très tard.

– On y va, les filles ? chuchote Alix en regardant sa montre.

– C'est parti, répond Juliette dans un murmure sans enthousiasme.

– Tu veux rester dormir, Gwen ? demande Clémence en surprenant le regard plein de regrets que la petite Bretonne jette à son lit.

– Pas question, répond Gwen.

Alix ouvre doucement la porte de leur chambre. La maison est plongée dans l'obscurité. Mary s'est couchée à dix heures. Elle doit dormir à l'heure qu'il est, mais les quatre filles font très attention en passant devant sa porte pour gagner l'escalier. Elles ont décidé de ne rien lui dire de leur projet, pour ne pas l'inquiéter.

En descendant derrière Alix qui ouvre la voie, Clémence est taraudée par le doute. Elle sait que Juliette et Gwen, derrière elle, ne sont pas très partantes non plus. Lors d'une discussion animée, après la visite au salon de thé, les filles ont comparé leurs points de vue. Alix a cherché à démontrer aux trois autres que leurs inquiétudes ne tenaient pas la route.

– S'il y a une seule de ces quatre personnes qui vous paraît louche, a-t-elle martelé plusieurs fois, dites-moi laquelle, et pourquoi.

Dans l'escalier où la moquette étouffe les bruits de leurs pas, Clémence repense aux deux acteurs qui les attendent à Armadale. Ils sont chaleureux, sympathiques. Certes,

Fiona a eu une réaction bizarre au sujet du pull rouge. Mais, comme dit Alix, cette attitude se comprend. L'actrice n'a pas voulu admettre qu'elle avait repéré Alix dès la veille, et que leur rencontre sur la lande était préméditée. C'est tout.

Quant à Mark, il est discret, raisonnable. C'est lui qui doit assurer Alix quand elle montera le long de la tour. Les filles ont apprécié la manière dont il a dit sans se vanter qu'il avait un niveau correct en escalade. La conservatrice a ri, elle a précisé aux filles que c'était le meilleur grimpeur de l'île de Skye… Mark a rétorqué avec un bon sourire que les gens exagéraient toujours. Sa franchise et sa modestie n'offrent aucune prise aux soupçons.

Les filles sont en bas de l'escalier. Alix ouvre la porte d'entrée que Mary ne ferme jamais à clé, et les quatre ombres, précédées par celle d'Hector, empruntent le chemin du château. Ne pouvant pas échanger un mot avec ses amies, Clémence poursuit sa réflexion au sujet de l'équipe qu'elles s'apprêtent à retrouver au château. En effet, les acteurs ne seront pas seuls. La troisième personne qui les attend là-bas, Lizzy, la conservatrice, lui inspire une parfaite confiance et beaucoup d'admiration. Elle sait tout sur l'histoire de l'Écosse, ses châteaux, ses clans, ses légendes. Elle a partagé quelques bribes de son savoir avec les filles autour de tasses de thé qui refroidissaient, parce que les auditrices en oubliaient de boire. Lizzy, c'est la culture personnifiée. Elle n'a vu aucun inconvénient à ce qu'Alix se charge de grimper sur la tour d'Armadale du moment que Mark l'assurait.

La quatrième personne du groupe, c'est le cameraman qui va filmer la scène, Peter. Les filles ne l'ont pas encore vu, mais c'est un ami de Mark, aussi, ils ont grandi ensemble à Portree, toujours dans la même classe, de la maternelle à la terminale.

Il n'y a aucune inquiétude à avoir, c'est sûr.

Et pourtant, elle n'est pas tranquille. Juliette et Gwen ne le sont pas non plus.

Mais Alix n'a rien voulu entendre, et elle fonce maintenant vers les murailles sombres du château, pour arriver à l'heure au rendez-vous.

*
**

– Tiens, voilà le costume, murmure Fiona à Alix. Tu peux enfiler la robe par-dessus tes vêtements, elle est tellement large !

Pendant qu'Alix se transforme en jeune noble du XVIIIe siècle, Clémence, Juliette et Gwen observent Peter, le jeune cameraman, occupé à installer son matériel sur la pelouse avec des gestes précis, calmes et professionnels. Lui non plus n'a rien d'inquiétant, même s'il n'a rien dit depuis leur arrivée, absorbé qu'il est dans ses préparatifs.

– Elle est toute petite, la caméra ! s'émerveille Gwen. Je croyais que les appareils étaient bien plus encombrants que ça.

Le cameraman la regarde avec un geste pour exprimer l'incompréhension. Contrairement aux trois autres Écossais, il ne parle pas un mot de français. C'est Mark qui répond à sa place :

– Oui, on fait du super matériel de nos jours, très pratique pour les tournages hors studio.

– Il y a un spot, je suppose ? demande Juliette en regardant la tour noire, à peine éclairée par un petit croissant de lune.

– Non, répond Mark, c'est ça le progrès le plus extraordinaire. La caméra est équipée d'un système de rayons infrarouges qui permet de filmer une scène de nuit sans éclairage extérieur. La lumière rendue à l'écran est encore plus naturelle.

Tout en parlant, l'acteur a passé un baudrier d'escalade, et il prépare sa corde à grands mouvements de bras.

– Tiens, Alix, voilà l'autre baudrier. Tu l'enfiles ?

– Sur cette robe ? Ça va faire trop bizarre !

– Non, tu porteras le manteau par-dessus, ça ne se verra pas.

– Sinon, je peux porter la corde en bandoulière, à l'ancienne.

– C'est moins sûr, tranche Mark. La sécurité avant tout.

Rassurées par la prudence intransigeante de l'acteur, Clémence, Gwen et Juliette regardent Alix se préparer, tandis qu'Hector flaire le bas de sa robe, dérouté par son odeur inconnue.

Puis Alix examine la paroi.

– Pour l'assurage, où est-ce que je vais passer ma corde ?

– Tu trouveras trois anneaux au fil de ton escalade, mais rien sur les cinq derniers mètres, attention à ne pas tomber vers la fin.

– C'est tout ? Vous auriez pu en planter un peu plus !

Lizzy intervient :

– Ce château est en ruine, il valait mieux ne pas l'attaquer à coups de marteau. J'ai refusé que Mark rajoute des anneaux à ceux qui existent depuis longtemps.

À ces mots, Clémence sent son malaise ressurgir. Mais déjà Alix s'élance à l'assaut de la tour… Ses mains et ses pieds trouvent des prises confortables entre les pierres. Les bottines de cuir se glissent facilement dans tous les interstices. Malgré la robe dont le poids et les plis la gênent un peu, elle s'élève avec facilité. Voici déjà le premier anneau, rouillé, mais solide ; elle y glisse un mousqueton pour assurer sa corde. Une minute plus tard, elle atteint le deuxième, s'assure à nouveau, puis se retourne :

– Tout va bien ! lance-t-elle. C'est facile.

– Chut ! répond la voix étouffée de Mark.

Alix se lance intérieurement une volée de reproches. Elle est censée incarner Flora MacDonald escaladant une tour au péril de sa vie, et elle n'a rien trouvé de mieux à faire que de crier une chose pareille, en français en plus ! L'équipe du film doit être furieuse. Heureusement qu'une scène de film se coupe et se retravaille. Elle poursuit son ascension sans mot dire.

Les trois filles restées en bas couvent Alix du regard. La faible clarté de la lune leur permet tout juste de deviner sa progression. La grimpeuse fait une pause le temps de passer sa corde dans le troisième anneau, puis continue, rapide et sûre d'elle-même. Clémence s'approche de Mark :

– Ça va se voir, à l'écran, qu'Alix s'assure sur les anneaux… Cette technique d'escalade existait déjà à l'époque de Flora MacDonald ?

– Laisse-moi me concentrer, murmure Mark. À partir d'ici, Alix est moins facile à assurer…

Clémence hoche la tête et se retourne vers ses amies.

Enfin Alix parvient aux créneaux. Elle s'y appuie des deux mains, se hisse à la force de ses bras, puis se redresse d'un mouvement rapide. Mais sa robe se coince sous ses bottines. Elle perd l'équilibre, étend les bras et bascule dans le vide. Trois cris épouvantés et un aboiement s'élèvent dans la nuit :

– Alix ! Non ! Alix !

La chute paraît interminable. Alix ferme les yeux. Ses amies avaient raison… C'est sa dernière pensée avant le choc terrible qui ébranle toute sa charpente osseuse. Le dernier anneau auquel elle s'était assurée a joué son rôle, Mark a bloqué la corde, et la voilà suspendue dans le vide, oscillant comme un pendule, à mi-hauteur de la tour. Elle s'est durement cognée à la muraille, mais les dégâts se limitent à cette douleur sans gravité. Heureusement que Mark a insisté sur le port du baudrier ! Avec une corde en bandoulière, elle risquait de se briser la colonne vertébrale.

– Alix ! Ça va ? lui crient frénétiquement les trois filles.

– Chut ! ordonnent ensemble Mark, Fiona et Lizzy.

Les Françaises les regardent avec des yeux ronds. Alix vient d'échapper à la mort et c'est tout ce qu'ils trouvent à dire ?

– Mark... commence Clémence en se campant devant l'acteur, les poings sur les hanches, prête à déverser sur lui toute sa colère, ses doutes, ses angoisses.

– Clémence, regarde, intervient doucement Fiona. Alix se remet à monter ! Pour sa sécurité, laisse Mark l'assurer. Il lui a sauvé la vie, il ne doit pas se déconcentrer.

– Alix, descends ! crie sa cousine furieuse. Arrête ce cirque, ça suffit maintenant !

Alix fait la sourde oreille. Elle est vexée. Elle aurait pu y penser, au coup de la robe longue... Bien décidée à tourner la scène jusqu'au bout, elle remonte avec souplesse, indifférente aux appels qui retentissent en bas, car Gwen et Juliette se joignent à Clémence maintenant. « Il faudra juste couper le son et accompagner la scène d'une petite musique stressante », pense-t-elle en regagnant l'altitude perdue. « Peut-être même qu'ils pourront se servir de ma chute ! »

– Taisez-vous ! ordonne sèchement Fiona aux Françaises. Vous allez distraire Alix, c'est dangereux !

Les trois filles se résignent au silence – pour l'instant. Elles regardent Alix se rétablir au sommet de la tour en veillant à ne pas se prendre les pieds dans sa robe. Souple comme un chat, elle s'approche du mât où flotte le tartan, décroche celui-ci, s'en enveloppe comme d'une écharpe, puis descend en rappel avec des rebonds élastiques. Là voilà déjà sur l'herbe. Clémence, Juliette et Gwen se pressent contre elles, lui serrent les bras, lui pétrissent les épaules.

– Tu nous as fait trop peur !

– Rien de cassé ?

– Ne nous refais jamais ça…

Leurs exclamations fusent en désordre, ponctuées par les jappements d'Hector qui mordille affectueusement l'épais ourlet en velours de la robe.

– Tout va bien… Je suis contente d'avoir pu filmer jusqu'au bout… Tenez, dit Alix aux Écossais en leur tendant le tartan.

– Merci, lui dit chaleureusement Fiona tandis que Mark prend le grand rectangle de tissu. Tu as surmonté un grand danger, à ma place. Je n'ose même pas penser… Moi, très certainement, je serais morte.

Peter a déjà rangé son matériel portatif. Lizzy consulte l'heure sur son smartphone. À la lueur de l'écran, son visage paraît soucieux, tendu.

– Minuit déjà, dit-elle.

– Et maintenant… attaque Juliette. Est-ce que je peux réclamer quelques explications ?

Fiona se tourne vers elle et demande d'un air étonné :

– À quel sujet ?

Clémence ouvre les lèvres pour répondre quand Mark intervient :

– Écoutez, il est très tard. Ça nous fera très plaisir de prolonger la discussion, mais demain. Rendez-vous à onze heures au salon de thé. On en profitera pour vous montrer la séquence filmée. Peter va travailler dessus dès cette nuit, tel que je le connais. C'est un vrai… nocturne, on dit en français ?

– Noctambule, corrige froidement Clémence. Mais…

– Allez, à demain, rappelez-vous, onze heures, reprend Mark. Et bravo pour ta performance, Alix.

Les quatre Écossais se fondent dans la nuit. Clémence, Juliette et Gwen serrent les poings en se regardant, tandis qu'Alix stupéfaite se rend compte qu'elle a toujours sur elle la robe de Flora MacDonald et le baudrier d'escalade.

– Ils n'ont même pas pris le temps de récupérer leurs affaires, murmure-t-elle.

Et dans ses yeux, pour la première fois, l'ombre d'un doute apparaît.

Chapitre 4

Par prudence, les filles ont mis leur réveil à dix heures, histoire de ne pas manquer le rendez-vous, même si Alix est certaine de se réveiller avant la sonnerie.

Mais il est à peine huit heures lorsque Mary frappe à la porte du grenier. Clémence ouvre les yeux la première et s'assied étonnée dans son lit.

– *Yes, Mary ? Come in !*

Mary entre dans la pièce, l'air parfaitement désorienté, Hector sur les talons.

– *Good morning, girls…*

– Qu'est-ce qui se passe ? lui demande Clémence tandis que les trois autres dormeuses émergent péniblement.

– Le tartan du château a disparu cette nuit… et il paraît que c'est vous qui l'avez vol… emprunté, bredouille Mary.

Un silence, puis elle poursuit :

– C'est du moins ce qu'affirment les policiers. Ils m'ont montré des images de la caméra de vidéosurveillance fixée au sommet…

Les filles se regardent, horrifiées. Mary déglutit avec peine, les yeux fixés sur Alix.

– C'est vrai que cette grimpeuse te ressemble, Alix, mais comme j'ai dit aux policiers, c'est ridicule de te soupçonner, d'abord la voleuse est en robe longue et…

Les regards des trois filles convergent sans même y penser vers une chaise placée au fond du grenier. Une belle robe à la mode du XVIIIe siècle y étale ses grands plis de velours… Sur le pouf d'à côté, un baudrier d'escalade repose sur un large manteau de laine à capuche. Mary suit ces regards, réprime une exclamation et recule d'un pas.

– Je – n'y – crois – pas, articule Alix hébétée.

*
**

Une heure et demie plus tard, l'entretien des filles avec la police de Skye s'achève sur un petit récapitulatif bienveillant du *constable*, comme on appelle l'officier de police local. Celui-ci s'exprime dans un français assez clair, quoique émaillé de fautes :

– *Well*, mesdemoiselles. Vous êtes totalement disculpées. Vous avez seulement été très naïves et les voleurs ont utilisé cette naïvesse. C'est une pitié… surtout de la part de bonnes détectives. Je suis plein d'admiration pour vos exploits passés que vos parents m'ont racontés sur le téléphone ! C'est pour moi la *best* preuve que vous n'êtes pas des voleuses.

Les quatre filles alignées devant lui écoutent ces paroles d'un air atterré. Juliette caresse doucement le pelage d'Hector, prostré sur ses genoux comme s'il partageait la consternation générale.

– Je crois aussi que la peur rétrospective de votre maman, Alix, est un *punishment* suffisant.

Alix hoche lentement la tête. Les paroles de sa mère, sa colère, son angoisse jaillies du haut-parleur résonnent encore à ses oreilles. Elle a déçu ses parents par sa naïveté. Elle a voulu frimer, exhiber son niveau d'escalade, s'offrir un plaisir amusant… et voilà le résultat. Une grosse boule reste coincée au fond de sa gorge. Pour un peu, elle en pleurerait. À ses côtés, Clémence, Juliette et Gwen se tiennent figées, solidaires jusque dans l'échec. Il n'y en a pas eu une seule pour dire qu'elle avait eu des doutes. Au lieu de l'accabler, elles ont toutes dit que c'était aussi de leur faute. De vraies amies, en somme. Mais Alix n'avait pas besoin de cette épreuve humiliante pour le vérifier !

L'agent de police poursuit :

– Comme je vous ai dit, ça va être difficile de trouver les vrais voleurs. Ils n'ont pas laissé de trace.

– Même sur la robe ?

– Même sur la robe. Il y a juste vos empreintes. Cette Fiona portait des gants, n'est-ce pas ?

Les filles réfléchissent. Oui, sûrement. C'est un détail qui leur a échappé, mais les gants sont si naturels dans une tenue d'autrefois !

– Et bien sûr, continue l'agent, no Mark et no Peter de l'âge que vous dites existent sur la liste des habitants de l'île. Lizzy n'a jamais été la conservatrice d'Armadale, et sans doute elle ne s'appelle pas Lizzy. Même chose avec Fiona…

– Et pourtant, je connais toutes les belles filles de Skye, intervient en souriant l'adjoint de l'agent qui n'a rien dit jusqu'à présent.

– *Oh, you shut up*, coupe l'agent avec sérieux.

– Vous voulez dire qu'ils ne sont pas d'ici, tous ces gens ? demande Alix la gorge sèche.

– Oh, peut-être un ou deux est d'ici, mais il a acté sous un faux nom…

L'agent de police se lève avec un sourire réconfortant.

– *Come on*, mesdemoiselles, cette mésaventure ne doit pas gâcher vos vacances. Un tartan, même ancien, n'est pas essentiel à la vie de l'île de Skye. Le monde ne s'arrête pas tourner… La prochaine fois, soyez plus cautionneuses, *that's all.*

En sortant de l'entretien, Alix ne desserre ni les poings ni les dents pendant un bon moment, malgré les tentatives des autres pour la dérider. Enfin elle murmure :

– Non seulement il n'y aura pas de prochaine fois, mais je vais le retrouver, ce tartan.

Elle regarde ses amies l'une après l'autre avec une lueur de défi dans les yeux. Clémence ouvre la bouche pour protester, mais à sa grande stupeur, Juliette la devance par une exclamation pleine de fougue :

– On va t'aider !

– On ne peut pas laisser passer, ajoute Gwen, les sourcils froncés, le regard noir. Notre honneur est en jeu.

– Mais, les filles… tente Clémence.

– Tu as envie que nos copains de classe apprennent ce qui s'est passé ? coupe Juliette. Qu'ils rient en se racontant le vol du tartan par notre super bande d'enquêteuses ?

– La honte, murmure Alix en secouant la tête.

– Une seule solution, reprend Gwen : réparer notre bêtise.

– Ma bêtise, corrige Alix d'un air sombre.

– On dit « notre amitié », « notre voyage », « notre bande », donc on dit aussi « notre bêtise », dit doucement Juliette.

Et Clémence ajoute en imitant l'accent anglais :

– *Sorry*, je connais pas la première personne du singulier en français…

Alix esquisse un sourire, le premier de la journée.

Après un déjeuner plutôt morose malgré les efforts de Mary pour rasséréner ses hôtes, les quatre filles retournent sur la lande, à l'endroit où elles avaient rencontré les acteurs. Elles savent qu'elles n'ont presque aucune chance de retrouver un seul indice les concernant. Mais que faire d'autre, dans quelle direction aller pour chercher leur trace ?

– Je me demande bien quel intérêt ils ont eu à piquer ce tartan, soupire Juliette en donnant des coups de pied sur les pierres du sentier.

– Moi aussi, opine Clémence. A priori il n'a pas beaucoup de valeur.

– Ça doit être un collectionneur maniaque qui aime les objets écossais.

– Monter tout ce cinéma, c'est le cas de le dire, avec une équipe de quatre personnes, juste pour satisfaire un caprice ? s'interroge Alix songeuse. C'est impossible. Je pense qu'il y a de l'argent en jeu. Il faut considérer que ce tartan de malheur a quelque chose de très précieux. Et dire que c'est moi qui… gémit-elle.

– Ne recommence pas, hein ! tempête Gwen.

Les filles ont atteint l'endroit où Mark avait tenu le rôle du prince Charlie réfugié derrière les rochers. Débarrassé de sa chape de brouillard, l'endroit est d'une beauté austère. Il donne sur la mer bleu sombre que dominent au loin les collines formant l'extrémité de la péninsule d'Armadale. Après avoir survolé le paysage, le regard des filles fait un zoom sur la bruyère ; mais à part l'endroit où Mark a écrasé le sol de ses semelles, elles ne trouvent aucun vestige de sa présence.

– Un cheveu, soupire Alix en scrutant les rochers. Si je pouvais trouver un seul de ses cheveux, un laboratoire pourrait l'analyser…

– Le vent de mer a dû tout balayer, répond Juliette.

– De toute façon, je vous rappelle qu'il portait une perruque, ajoute Clémence.

Les filles se regardent, dépitées. Tout est mal parti dans cette histoire. Elles reviennent à pas lents vers le village et rentrent chez Mary. Démoralisé par l'humeur morose qui règne dans la bande, Hector file vers la buanderie tiède où l'attend une gamelle de croquettes. Pendant ce temps-là, en remontant dans le grenier, Juliette dit à ses amies :

– Vous savez ce qu'on a de mieux à faire, à mon avis ?

– Non, répondent les trois autres en chœur.

– Ben… Ouvrir nos livres de grammaire anglaise et bosser un peu. On pourrait aussi apprendre quelques mots de vocabulaire. Histoire de ne pas avoir totalement perdu notre temps aujourd'hui.

Un silence parfaitement lugubre accueille cette proposition.

*
**

Le calme règne dans le grenier une demi-heure plus tard, entrecoupé de murmures inaudibles. Les quatre filles sont penchées sur leurs livres.

– *To go, I went, gone*, chuchote Juliette. *To break, broke, broken.*

– *I'm ten years old and I'm visiting Scotland for the first time*, répète Gwen.

– Plus bas, les filles, supplie Clémence, je n'arrive pas à me concentrer sur ma liste de mots…

– Tu pourras me faire réciter la mienne après ? demande Alix.

– Oui, deux minutes.

Le silence se réinstalle. On entendrait une mouche voler.

Soudain, un petit bruit sec tinte à la fenêtre. Les filles lèvent le nez de leurs leçons.

– Qu'est-ce que c'est ? fait Alix. On dirait que quelqu'un a lancé un caillou.

Clémence se lève pour aller regarder par la vitre. Lorsqu'elle se retourne vers les autres, elle a changé de couleur.

– Il y a Fiona dans le jardin. Elle me fait signe de descendre.

Jamais les filles n'ont dévalé un escalier aussi vite. En entendant leurs pas pressés, Mary appelle du salon :

– *Is there a problem, girls ?*

– *No,* répond Clémence, *we're all right, thank you…* On va juste prendre l'air parce qu'on a bien travaillé.

Hector, intrigué lui aussi par la hâte des filles, déboule de la buanderie et se jette dans leurs jambes. Quand Alix ouvre la porte du jardin, il hume le vent, contourne le cabanon de jardin derrière lequel Fiona s'est cachée, et se précipite vers le pommier au pied duquel elle attend. Tout content de retrouver l'actrice qu'il a visiblement catalo-guée comme une personne hautement sympathique, il se frotte contre ses chevilles en agitant la queue.

– Hector, ordonne brusquement Juliette qui s'est arrêtée avec ses amies à quelques pas de l'arbre. Hector, reviens ici tout de suite.

Les quatre filles dévisagent Fiona avec une animosité qu'elles ne cherchent pas à camoufler. La jeune actrice les regarde fixement elle aussi. Son joli visage est blême : de peur ? de colère ? de fatigue ? Les filles n'arrivent pas à déchiffrer les émotions reflétées par ses yeux gris clair.

– Où est le tartan ? gronde Alix.

– Où sont tes complices ? ajoute Clémence en faisant un pas vers Fiona.

Celle-ci ne recule pas, mais s'appuie au tronc du pommier comme pour tenir bon sous la vague de colère qui lui arrive d'en face.

– Si j'avais les réponses à ces questions, figurez-vous que je ne serais pas ici, dit-elle avec un sourire ironique.

– Comment ça ?

Fiona soupire.

– Il faut que je vous explique. Mark – qui ne s'appelle sûrement pas Mark – m'a contactée il y a quelques jours via mon site professionnel. Il m'a parlé de ce tartan qu'il fallait voler, en me disant que ma ressemblance avec l'héroïne de Skye Flora MacDonald pourrait faciliter les choses. Il m'a proposé une grosse somme pour ça. Vous vous rendez compte ? Pour un tartan qui n'a aucune utilité pour personne ? Je veux dire, le château d'Armadale peut juste le remplacer par un neuf et personne n'y verra rien. Bien sûr que j'ai accepté ! Je ne suis pas une actrice d'Hollywood, moi, je ne roule pas sur l'or !

Les filles n'ont pas bougé d'un pouce, leurs regards n'expriment rien. Mais Fiona doit y sentir une certaine pression, parce qu'elle marque une pause embarrassée avant de continuer.

– Je suis donc venue à Skye – parce que moi, je ne suis pas d'ici, contrairement à Mark.

– Vous êtes d'où ? demande abruptement Alix.

Fiona esquisse un geste évasif :

– D'ailleurs. Donc, je suis venue, avant-hier. Nous avions rendez-vous au château d'Armadale, sur la pelouse devant la tour, pour faire notre plan afin de voler le tartan.

Nous vous avons vues arriver, et nous avons assisté à l'escalade d'Alix pour aller chercher votre chien sur la tourelle. C'est ce qui a donné l'idée à Mark d'« embaucher » Alix pour cette opération.

L'actrice regarde les filles l'une après l'autre comme pour leur laisser le temps de parler. Mais elles restent figées dans une raideur de marbre, ressassant leur colère et leur stupeur. Enfin, Gwen résume la pensée générale :

– La suite ? Qu'est-ce que tu fais là maintenant ?

Fiona soupire.

– Dans le plan de Mark, pour que vous croyiez à notre histoire, il fallait compléter notre équipe avec un cameraman et une fausse conservatrice. Peter et Lizzy – de faux noms aussi, bien sûr, et j'ignore les vrais. Il les a fait venir du continent. Ils sont arrivés par le premier ferry hier matin… Juste après leur arrivée, on est venus ici chez votre logeuse, et on a attendu que vous partiez en balade sur la lande pour vous retrouver là-bas. Vous connaissez la suite de l'histoire…

– Presque toute la suite, dit sèchement Clémence. On ne sait toujours pas pourquoi tu as le culot de revenir ici, sans ta bande de voleurs.

– Parce que ma bande de voleurs, comme vous dites, m'a lâchée. Ils se sont volatilisés tous les trois dans la nuit, avec le tartan, et je n'ai aucun moyen de les retrouver.

– ?

– Vous paraissez étonnées. Oui, j'ai été naïve, exactement comme vous. Je n'ai pas exigé de recevoir mes deux mille dollars en avance, crache Fiona d'une voix tordue par l'amertume. Deux mille dollars, c'est beaucoup, et comme Mark doit aussi payer Lizzy et Peter pour leurs services, *well*, il n'a rien trouvé de mieux que de me voler ma part !

– Tu vas nous faire pleurer, dit rudement Alix.

– Oui, nous sommes vraiment désolées pour toi, ajoute Clémence dans un grincement de dents.

– Tu devrais aller te plaindre à l'agent de police, susurre Juliette. Il t'aiderait sûrement à remettre la main sur tes deux mille dollars.

La main de Fiona se crispe sur l'écorce du pommier. Les moqueries des filles mettent visiblement ses nerfs à rude épreuve. Pourtant elle continue :

– Écoutez. Je comprends ce que vous pensez. Parce que je pense la même chose. Mark est une « canaille », comme vous dites en français. *A scoundrel.*

– À ajouter dans la liste de vocabulaire, lance Juliette à Clémence avec ironie.

– Tiens, oui. Je ne connaissais pas ce mot-là, laisse tomber Clémence.

– Je veux le retrouver, poursuit Fiona imperturbable. Et pour ça j'ai besoin de votre aide.

– La police t'aidera mieux que nous.

– Non. La police ne l'a jamais vu, et ne connaît pas ses complices. Vous, si. Et aussi, je sais que vous êtes très douées pour mener des enquêtes.

– Ah oui ? interrompt Alix. Qu'est-ce qui te fait dire ça ?

Fiona sourit.

– Armadale est un tout petit village, vous savez. Tout à l'heure, quand vous étiez sorties, j'étais cachée sous la fenêtre du salon. J'ai entendu votre logeuse, elle racontait à sa voisine toutes vos précédentes aventures. C'est l'adjoint de l'agent qui lui avait dit tout ça. Les gens bavardent ici, ils se connaissent.

Les filles se regardent, puis elles scrutent le visage de Fiona, cherchant à déchiffrer ses sentiments véritables. La jeune femme soutient l'examen sans ciller.

– Admettons qu'on les retrouve, dit enfin Juliette. Qu'est-ce qui se passera ?

Fiona répond par un petit rire.

– Que voulez-vous qu'il se passe ? Vous croyez que je vais recevoir une valise de deux mille dollars sous vos yeux, puis disparaître avec ma « bande de voleurs » ? Non. Si vous êtes là, c'est fichu pour Mark et pour les autres, vous pourrez aussitôt donner leur position à la police. Donc c'est fichu aussi pour moi, je veux dire, je ne gagnerai pas d'argent. Mais je compte sur vous pour dire à la police que je vous ai aidées. Ainsi je n'aurai peut-être pas d'ennuis judiciaires. Je voudrais éviter ce genre de publicité pour ma carrière d'actrice.

Pendant de longs, très longs instants, le bruissement du vent dans les feuilles du pommier est le seul accroc au silence du jardin. Gwen, puis Juliette se retournent pour vérifier que Mary n'est pas dans les parages. Elle a dû rester dans le salon, car rien ne bouge. Alix dit enfin, les yeux braqués sur Fiona comme un pistolet :

– Tu as une petite idée pour commencer les recherches ?

Fiona se détend, son sourire exprime un soulagement sans bornes. Elle dit :

– Merci de me croire. J'ai beaucoup réfléchi à tous les indices possibles, mais bien sûr, Mark ne m'a rien raconté qui peut aider à le retrouver facilement. Le seul détail que je sais sur sa famille, c'est qu'il a une mère…

– Ah bon ? coupe Clémence, ironique. Ça, en effet, c'est particulier !

Fiona continue sans se laisser déstabiliser :

– Une mère qui adore les *otters*.

– Les auteurs ? Auteurs de quoi ? demande Gwen.

– Non, les *otters*, comment dit-on en français, ce sont des animaux de la mer, vous savez… Des animaux qu'on voit beaucoup à Skye…

– Des loutres, murmure Clémence dans un souffle.

Les filles se regardent avec ahurissement.

– Hector, ici, appelle Juliette. On court faire un tour vers le port.

– Vous savez déjà où aller ? s'exclame Fiona admirative.

Chapitre 5

– Elle était sur ce rocher-là, affirme Clémence. Regardez, il descend vers l'eau en pente douce. Les loutres étaient couchées dessus.

Les trois autres hochent la tête et Hector aboie comme s'il sentait encore l'odeur des animaux marins monter du lichen.

– Il faut chercher, les filles.

– Chercher quoi ? s'amuse Clémence. Un cheveu à envoyer au laboratoire, pour retrouver une amie des loutres ?

– Je ne sais pas, moi… Un indice, quel qu'il soit.

Les quatre détectives se mettent à ratisser du regard l'herbe et les rochers environnants. Fiona n'est pas en reste ; ses yeux gris fouillent méthodiquement le sol.

– Vous avez perdu quelque chose ? demande un vieux pêcheur qui passe par là.

Fiona se charge de répondre ; Clémence comprend qu'elle parle d'une dame passionnée d'animaux marins, qu'elles aimeraient bien retrouver parce qu'elles font une enquête sur la vie des loutres, et que cette dame est très savante dans ce domaine.

Le vieux pêcheur se lance alors dans une explication tellement mâtinée d'accent écossais que Clémence n'en comprend pas un mot. Fiona écoute attentivement, remercie l'homme qui poursuit sa route, puis elle se tourne vers les Françaises :

– Nous avons de la chance, dit-elle avec un grand sourire. Ce monsieur connaît notre spécialiste des loutres. Ils ont parlé ensemble quand elle était là l'autre jour, et qu'il remontait ses filets de pêche.

– Alors ? interroge Alix.

– Il ne connaît pas son nom. Elle ne vient pas d'Armadale. Elle était juste en visite pour la journée.

Fiona ajoute après un instant de réflexion :

– Je suppose qu'elle venait de déposer Mark ici en voiture, pour notre rendez-vous. Il m'a dit qu'il n'avait pas de voiture. Les déplacements en vélo ou en bus sont longs sur l'île.

– Mais elle est d'où, alors ?

– Elle vient de Kylerhea. C'est au nord-est. Il y a là-bas une réserve de loutres célèbre.

– Et elle est venue à Armadale avec son escorte d'amies à quatre pattes ? fait Clémence. Comme c'est mignon. Il y a vraiment des gens qui sont cinglés.

– Excuse-moi, rétorque Juliette, mais je te rappelle qu'on peut aimer les animaux sans être folle.

– Ne vous disputez pas, dit Alix. Il y a des loutres partout à Skye, elle n'a pas forcément amené les animaux de là-bas.

– Eh, les filles, ce n'est pas le sujet, dit doucement Gwen. La prochaine étape, c'est d'aller à Kylerhea, je suppose. Premier problème, on n'a pas de voiture. Deuxième problème, que va dire Mary ?

– Il n'y a pas de premier problème, parce que moi, j'ai une voiture. Je suis venue en voiture du continent, par le pont de Kylerhea, justement ! Concernant le deuxième problème, je suis sûre que vous pouvez trouver une solution pour partir sans inquiéter votre logeuse ?

– C'est long comme voyage ?

– Oh non, moins d'une heure. Mais… Je ne sais pas combien de temps nous devrons rester sur place.

Les filles tiennent un court conciliabule, puis Alix dit à Fiona :

– Il est trop tard pour partir ce soir. On n'aura le temps de rien faire avant la nuit. Fiona, est-ce qu'on peut se retrouver demain à huit heures à ta voiture ?

– Neuf heures, supplie Gwen.

– Huit heures trente, concède Alix. On va expliquer à Mary qu'on a une occasion rêvée d'aller visiter la réserve des loutres et y passer la journée.

– Ce n'est pas mentir, intervient Clémence.

À huit heures trente précises, dans la lumière bleutée d'un beau matin, les Françaises et Hector arrivent sur le parking, chacune d'entre elles portant un petit sac à dos.

– Alors ? demande Fiona en démarrant.

– On n'a même pas eu à expliquer notre programme, dit Alix, le front barré par un pli soucieux. Mary est partie à l'hôpital de Portree ce matin. Elle est retombée sur sa cheville blessée et elle va devoir être opérée. Elle sortira dans deux jours…

– D'ici là, ajoute Clémence, elle voulait nous confier à sa voisine, mais la dame n'était pas chez elle ce matin. Alors on lui a dit qu'on se débrouillerait sans problème pendant deux petites journées et qu'elle pouvait avoir confiance. Qu'on prendrait le bus pour Portree dimanche et qu'on irait lui rendre visite à l'hôpital juste avant d'aller dans nos familles d'accueil. Tout s'est fait dans l'urgence…

– Bon, ça tombe bien, répond Fiona.

– Je ne sais pas si on peut dire ça. Pauvre Mary. On a eu raison, Fiona ?

– Raison de quoi ?

– De lui dire qu'elle pouvait avoir confiance.

Fiona lance aux filles un regard limpide par le rétroviseur, et dit d'une voix douce et posée :

– Vous avez eu raison.

– Fais attention ! hurle Alix alors que Fiona s'engage sur la route.

Un coup de frein brusque. La voiture cale.

– Qu'est-ce qu'il y a ? demande l'actrice affolée.

– Tu roules sur la mauvaise voie !

Fiona pousse un profond soupir et éclate de rire, les mains encore crispées sur le volant.

– Tu es folle de m'avoir fait aussi peur ! En Grande-Bretagne on roule à gauche. Tu n'as pas remarqué que la place du conducteur est à droite ?

Elle redémarre, tandis qu'Alix confuse bredouille une excuse. Fiona hoche la tête gentiment.

– Pour des super enquêteuses, c'est étonnant de laisser échapper un détail pareil, dit-elle avec un grand sourire.

Les quatre passagères sourient à leur tour et regardent défiler en silence les collines verdoyantes qui bordent la route, tantôt douces, tantôt escarpées. Ces paysages sont un régal pour les yeux. Elles se laissent bercer par cette beauté, contentes de partir à l'aventure, et certaines à présent que Fiona est une alliée sûre.

*
**

Fiona se gare sur le parking à moitié vide de la réserve de Kylerhea. Encore un décor splendide où la mer et les montagnes se disputent la place d'honneur ! En descendant de voiture, les filles observent ces lieux balayés par la cavalcade du vent. D'ici, le continent est si proche qu'on en voit la côte comme si le bras de mer séparant les deux terres n'était d'un lac. Mais les filles ne sont pas venues pour faire du tourisme… À l'entrée du parc, les voici perplexes devant le plan de la réserve. Juliette désigne de l'index le cercle rouge qui annonce : « Vous êtes ici. »

– Très bien, mais j'aimerais bien une autre indication, « elle est ici » par exemple, murmure Clémence.

– Qui, elle ? demande Gwen.

– Eh, réveille-toi ! La mère de Mark, bien sûr !

À cet instant, une voix bourrue marmonne en français derrière les filles :

– Tenez votre chien en laisse, mes enfants en ont peur.

Juliette se retourne, agacée comme à chaque fois qu'on met en cause le savoir-vivre d'Hector et le sien. Elle se trouve face à un père de famille qui a deux enfants accrochés à ses bras tandis qu'Hector s'éloigne déjà d'eux, découragé par cette absence de sociabilité. Une famille de touristes français, de toute évidence. Juliette sort poliment une laisse de sa poche.

– Excusez-moi, je n'avais pas vu.

– De toute façon, c'est interdit de laisser son chien en liberté dans ce parc, reprend l'homme d'une voix moralisatrice. Remarquez, il y a peu de chance qu'il effraie les loutres, vu qu'il n'y en a pas par ici.

– Pas de loutre ? répète Gwen, les yeux écarquillés.

Attendrie sans doute par sa petite taille, la mère de famille explique aimablement :

– Il paraît qu'elles ont déserté la réserve pour se rassembler autour d'une femme qui les nourrit. Seulement c'est loin et on est mal chaussés pour une randonnée de plusieurs kilomètres. Alors on abandonne. Allez-y si vous en avez le courage.

Tandis que les touristes s'éloignent vers leur voiture, Clémence montre du doigt l'extrémité du plan, au-delà des limites de la réserve, et dit avec un sourire : « Elle est par ici. »

Ce n'est pas si simple, malheureusement. À midi les filles épuisées sont toujours en marche. Elles ont l'impression d'avoir longé toute la côte et arpenté tous les chemins. Fourbues et découragées, elles avancent mécaniquement. Même Fiona et Alix ont maintenant les jambes lourdes.

Enfin, alors qu'elles ni croient plus, Hector regarde Juliette d'un air spécial, l'air qu'il prend toujours pour dire : « Tu m'as interdit d'aboyer, mais je te signale qu'on est sur une bonne piste. » Ses narines frémissent, emplies par la même odeur que celle qui imprégnait le rocher au port d'Armadale. L'odeur des loutres.

– On approche, murmure Juliette à ses amies. Chut !

À peine Juliette a-t-elle parlé qu'un craquement retentit dans les arbustes. La petite colonne s'arrête et retient son souffle. Une queue de loutre disparaît entre les broussailles. Les filles la suivent en maudissant le bruit qu'elles font sur ce sol inégal. Bientôt, le paysage s'ouvre sur une clairière qui descend en pente douce vers la mer. L'attention des arrivantes est d'abord attirée par une vingtaine de loutres en train de jouer sur l'herbe. Mais très vite, elles aperçoivent dans un coin une nappe beige couverte d'un pique-nique. Elles traversent la clairière. Juliette a bien du mal à retenir Hector qui tire comme un fou sur sa laisse, attiré à la fois par l'odeur des loutres et par celle du jambon déballé sur la nappe.

– Qui que ce soit, ils viennent de partir, remarque Clémence en désignant une canette de soda dont les bulles éclatent encore à la surface.

– Un peu vite, observe Juliette à mi-voix en montrant un sandwich non terminé et des fruits inentamés.

Une voix rauque s'adresse à elle par-derrière, provoquant un sursaut général. Les filles se retournent d'un bond. À cause de l'accent écossais, elles n'ont rien compris, sinon que le ton est malveillant.

– Elle demande si le menu de son pique-nique nous intéresse, traduit Fiona à mi-voix.

La femme qui vient de surgir derrière les filles a un visage mince et ridé, encadré par des mèches grises ; ses yeux sombres lancent des éclairs. C'est bien elle qu'elles avaient aperçue sur le rocher à l'arrivée de leur ferry, sans distinguer ses traits à cause de la distance. La preuve : toutes les loutres se précipitent aussitôt vers elles et se bousculent à ses pieds. La femme se baisse pour caresser quelques museaux, puis aboie de nouveau une question aussitôt traduite par Fiona :

– Elle veut savoir pourquoi on tourne autour de ses affaires.

– Et nous, on voudrait savoir si elle est de mèche avec son fils, répond Alix d'un ton cinglant. La femme tourne un regard soupçonneux vers elle, percevant l'impertinence de la voix. Mais Fiona se lance dans une explication rapide en anglais. La femme y répond tout en remballant son pique-nique à la hâte. Pour cela elle écarte doucement les loutres qui viennent sans cesse renifler les reliefs du repas et quêter une caresse. La gentillesse qu'elle déploie à leur égard contraste avec la brusquerie de son ton. Fiona traduit :

– Je lui ai dit qu'on s'étonnait de voir un pique-nique abandonné. Qu'on se demandait s'il fallait ranger ces restes pour laisser la clairière propre. Elle m'a répondu qu'elle n'était pas du genre à salir la nature et qu'elle n'avait pas besoin que des gamines lui donnent des leçons.

– Vous étiez seule ?

Clémence a posé cette question en anglais, à brûle-pourpoint. La femme lève les yeux.

– Non, comme vous voyez, j'avais vingt loutres avec moi. Je suis rarement seule par ici, elles m'aiment beaucoup.

Elle s'accroupit pour cajoler l'un des animaux, dont Juliette remarque qu'elle porte une attelle à la patte avant droite.

– Surveillez votre chien ! aboie soudain la femme d'une voix hystérique. Juliette tourne les yeux vers Hector qui a bondi au milieu de la nappe pour s'emparer d'un reste de nourriture.

– Qu'est-ce qu'il a mangé ? Qu'est-ce qu'il m'a volé ? crie la femme.

– Hector, dit Juliette, tu as pris quelque chose ? Rends-le-moi.

Elle ouvre sa paume sous la gueule de l'épagneul, mais celui-ci la regarde en gémissant d'un air câlin, la tête penchée de côté, la mâchoire obstinément fermée.

– Il n'a rien pris, dit Clémence en anglais.

– Si, si ! Je l'ai vu ! braille la femme furibonde.

Les filles la regardent, stupéfaites.

– Hector, dit Juliette d'un ton conciliant, ouvre la bouche, s'il te plaît.

Devant cette insistance, Hector paraît hésiter. Sa mâchoire se crispe, se détend, se crispe de nouveau, puis il entrouvre la gueule d'un air obéissant. Juliette inspecte l'intérieur et ne voit rien.

– Regardez vous-même, dit Clémence à l'Écossaise, sa bouche est vide.

La femme y jette un œil suspicieux, puis, d'un geste brusque, glisse la main à l'intérieur. Les mâchoires d'Hector se referment aussitôt sur ses doigts.

– Aïe ! hurle la femme. Hector rouvre aussitôt la mâchoire avec un regard presque gai qui semble dire :

« Tu exagères, je n'ai pas serré fort, mais gare à toi si tu recommences. »

Les loutres entourent le chien d'un air menaçant. Voyant cela, Hector gronde et fait mine d'attaquer ; le cercle se brise aussitôt, c'est la débandade, les loutres s'enfuient dans toutes les directions. La femme termine en trois secondes de remballer son pique-nique et s'éloigne aussi en lançant des imprécations que Fiona est la seule à comprendre.

– Qu'est-ce qu'elle dit ? demande Gwen.

– Des vilains mots, résume Fiona.

Les filles observent la clairière désertée où il ne reste qu'une seule loutre, celle qui porte une attelle, et qui doit avoir trop mal pour fuir avec les autres. Prudente, mais pas effarouchée, elle s'est étendue au bord de l'eau, à vingt pas des filles.

– On est bien avancées, gémit Alix.

– Je suis sûre que cette sorcière n'était pas seule, maugrée Clémence. Au bruit qu'on a fait en arrivant, ils ont décampé, Mark et elle. Je parie qu'il était ici.

– Qu'est-ce qui te fait penser ça ? demande Fiona. Il y avait un seul sandwich sur la nappe.

– Mark avait fini le sien, c'est tout. Il y avait aussi des fruits, rappelez-vous. Trop de fruits pour une seule personne.

Gwen ajoute, l'air songeur :

– Et sa mauvaise humeur était louche. Comme si elle nous connaissait, comme si notre présence lui paraissait suspecte. Vous savez ? Elle doit être habituée à voir beaucoup de promeneurs s'arrêter pour admirer les loutres qui l'entourent. Alors pourquoi se serait-elle méfiée de nous ? Qui lui aurait parlé de quatre Françaises et d'un chien ? Mark, bien sûr !

Tout le monde hoche la tête, même Hector, qui soudain ouvre grand la gueule et soulève sa langue. Les filles poussent une exclamation générale en découvrant l'objet qui se trouvait caché dessous. C'est un bouton, un bouton doré…

– Le bouton de « sa » veste, souffle Clémence.

– Je peux voir ? demande Fiona qui n'ose pas mettre la main dans la gueule d'Hector.

L'épagneul crache le bouton par terre comme s'il avait compris. Fiona le ramasse et l'examine rapidement.

– Oui, c'est bien ça. Il vient de la veste de théâtre que Mark a louée pour se déguiser en Bonnie Prince Charlie.

– Hector l'avait mordillé, l'autre jour sur la lande, se rappelle Juliette. Le fil a dû lâcher. Hector, tu es trop fort !

– Tu sais de quel magasin vient la veste ? demande Clémence à Fiona.

– Oui. C'est moi qui ai loué ces costumes avant de venir à Skye, à la demande de Mark.

– On pourrait y retrouver des éléments d'information sur Mark ?

Fiona secoue la tête négativement.

– Non, le dossier est à mon nom. C'est bien dommage d'ailleurs. J'ai laissé une caution qui va me coûter cher si on ne rend pas les costumes…

Et elle serre les poings, écœurée.

Les filles réfléchissent un instant, puis Clémence brise le silence :

– Bon. Une chose est sûre, Mark était ici il y a peu, et sa mère, vu son attitude, est complice avec lui. Donc il faut suivre cette femme. On finira bien par retrouver Mark.

– La suivre ? Alors qu'elle est si méfiante ? intervient Alix dubitative.

– On n'a qu'à demander au village le plus proche où elle habite ! s'exclame Clémence. Comme tu disais, Fiona, ils se connaissent tous sur cette île ! Et elle doit être célèbre dans le coin, avec son succès auprès des loutres.

L'actrice hoche la tête.

– Ils ne voudront jamais donner son adresse à des étrangères. Peut-être qu'ils ne savent même pas où elle vit. Cette dame a l'air méfiante et solitaire.

Juliette tourne les yeux vers la loutre invalide qui se repose sur le rocher, et murmure :

– Il n'y a que les loutres qui puissent nous apprendre quelque chose… Celle-ci, par exemple… C'est sûrement la mère de Mark qui lui a fait son attelle, regardez, elle est artisanale, trois baguettes de bois avec de la ficelle…

Tout en parlant, Juliette s'approche de l'animal, très doucement. Celle-ci se redresse, méfiante, s'approche de l'eau en claudiquant, fait mine de plonger.

– Non ! murmure Juliette qui est tout près d'elle à présent. S'il te plaît !

La loutre regarde l'eau, regarde Juliette. Elle doit avoir un mauvais souvenir de sa dernière tentative pour nager avec l'attelle, car elle recule et préfère s'esquiver par la terre ferme. Voyant qu'elle va s'échapper, Juliette lui agrippe la queue. La loutre paniquée prend son élan pour se dégager et Juliette, pour ne pas lui faire mal, desserre les doigts. L'animal s'enfuit en boitant.

– Et voilà ! lance Clémence de loin, d'un ton contrarié. À force d'être sentimentale avec les bêtes, mademoiselle vient de laisser filer notre seul indice ! Réfléchis, cette loutre aurait pu…

Juliette se relève et revient vers les autres avec un sourire.

– Cette loutre *m'a* donné un indice, les filles. Son attelle était faite avec des baguettes de bambou.

– Et alors ?

Juliette se tourne vers Fiona.

– Le bambou n'est pas un arbre tellement courant sur l'île de Skye, je suppose ?

L'actrice étonnée répond par un hochement de tête négatif.

– Il suffit de demander aux gens du coin s'ils connaissent un endroit où on en trouve. La mère de Mark en a peut-être un près de chez elle…

Clémence hausse les épaules.

– C'est mince comme indice.

– Oui, admet Juliette, mais qui ne tente rien n'a rien. On va aller poser la question au village de Kylerhea, d'accord ?

– Et quel prétexte on invente pour être à la recherche d'un bambou ?

– On s'intéresse à la cuisine asiatique et on a absolument besoin d'une pousse de bambou pour essayer une recette, intervient Alix.

Clémence regarde sa cousine d'un air condescendant.

– Super crédible. Moi, je dirais plutôt qu'on a besoin d'une sarbacane pour partir à la chasse au monstre du Loch Ness.

– Le Loch Ness n'est pas sur l'île de Skye, répond sérieusement Fiona.

– Je sais, s'agace Clémence. Mais tant qu'à inventer des prétextes débiles…

– Oh, fait Alix, je crois que notre Clémence est fatiguée… Quelle humeur !

Clémence ouvre la bouche pour répliquer. Puis elle soupire et dit à mi-voix :

– Peut-être fatiguée, oui. Et surtout j'ai un peu peur. Je me demande dans quoi on s'embarque.

Les filles se regardent, chacune se rappelant qu'il est encore temps de retourner chez Mary sans rien faire de plus.

– Vous hésitez ? demande Fiona d'une voix douce. Vous voulez renoncer ? Je comprends que vous craigniez le danger.

Les Françaises, piquées au vif, secouent énergiquement la tête.

– C'est mal nous connaître, explose Alix.

– On va le trouver, ce Mark de malheur qui se cache derrière un bambou, ajoute Clémence.

Et les quatre filles se mettent en marche d'un air belliqueux. Fiona les suit avec un sourire.

Intermède

– Allô, Farrey ? Alors, quelles sont les nouvelles ?

La voix de Mr. MacGeffrey, imprégnée de cigare tout comme son bureau, trahit autant d'émotion que possible. Farrey sourit. Il vit un moment de triomphe.

– Tout va bien, Mr. MacGeffrey. Vous pourrez bientôt les faire, ces bons petits gâteaux.

– Parfait, répond le patron d'une voix gourmande. Quand allez-vous me chercher la recette ?

– Demain, Mr. MacGeffrey. J'ai rendez-vous après-demain avec celui qui doit me remettre le bout de tissu que vous demandiez. Nous avons conçu un excellent emballage pour le transport.

– Très bien, très bien, sourit MacGeffrey. Dites-moi, est-ce un emballage assez large ?

– Oh oui, répond Farrey intrigué par la question. Il y a toute la place.

– Dans ce cas, reprend le patron, j'aimerais qu'un autre objet y soit transporté.

– Pardon, Mr. MacGeffrey ? murmure Farrey stupéfait.

– Venez donc au bureau à dix heures, nous en parlerons de vive voix.

– …

– Et sachez, Farrey, que je remettrai une bonne couche de beurre sur votre tartine.

Arthur Farrey raccroche, excité et alarmé en même temps.

MacGeffrey rempoche son téléphone, les yeux fixés sur le mur blanc de son bureau. C'est à un autre mur qu'il pense, celui de sa chambre à coucher ; ce mur vide, il a bien envie de le décorer avec l'objet en question. Cette fois, il se l'avoue à lui-même, c'est un caprice qui lui coûtera un peu d'argent sans en rapporter du tout. Une lubie de milliardaire. Le Fairy Flag, c'est plus original qu'une toile de Picasso, et surtout, ça lui rappellera ses origines écossaises. La classe !

Chapitre 6

Dans la lumière déclinante du jour, cinq silhouettes grimpent une colline tapissée d'herbe haute, en traînant derrière elles des ombres immenses.

Il a fallu tout l'après-midi aux quatre filles et à Fiona pour découvrir où vivait la mère de Mark. À Kylerhea, elles ont tenté leur chance dans divers magasins et buvettes ; l'existence d'un bambou à Skye ne disait rien à personne. Enfin, vers quatre heures, comme elles posaient leur question dans la dernière boutique de souvenirs, un touriste chinois a surgi de derrière un présentoir de cartes postales.

– Moi, j'ai vu des bambous ce matin ! a-t-il clamé. Je traverse l'île à pied. J'ai été étonné de trouver des arbres de mon pays au milieu des collines d'Écosse.

Il a aussitôt sorti une carte de sa poche et mis le doigt sur une zone inhabitée, à bonne distance de la mer :

– Ici, vous voyez, il y a des petits points pour indiquer des ruines de maisons.

– Ce sont des *clearances*, a confirmé Fiona en français à l'intention des filles. Des fermes de l'époque de Bonnie Prince Charlie, où les paysans vivaient dans des conditions misérables. Pour finir, ils ont été expulsés par les propriétaires, ou sont partis, chassés par la pauvreté. Ces zones de l'île sont très sauvages maintenant.

– Mais l'une de ces fermes est habitée, reprend le randonneur chinois. J'ai vu des animaux, et une fumée. Je ne sais plus laquelle exactement. C'est là qu'il y a un bouquet de bambous.

Les cinq enquêteuses sont aussitôt reparties. Elles se sont garées assez loin de la zone indiquée par le Chinois, puis elles ont poursuivi le périple à pied, et les voilà gravissant une colline dans ce décor du bout du monde baigné d'une lumière crépusculaire.

Soudain, avant d'atteindre le sommet de la butte herbeuse, Alix s'arrête, respire, fait signe aux autres de l'imiter. Hector les regarde d'un air moqueur, comme pour dire : « Moi, je la sens depuis dix minutes, votre odeur de feu ! »

Les randonneuses s'allongent et effectuent en rampant les derniers mètres de l'ascension. Leur regard plonge alors sur une petite maison de pierre, au toit de chaume, dont la cheminée fume en contrebas. Un jardinet à l'herbe bien fauchée entoure la maison ; au milieu poussent trois bambous.

– Les volets sont fermés, fait remarquer Clémence dans un murmure.

Alix chuchote :

– On descend ! Ils ne peuvent pas nous voir.

Elle se relève d'un bond et dévale la colline, entraînant les autres dans son sillage. À l'instant où elles atteignent le bas de la pente, un chien se met à aboyer dans la maison ; et de la bergerie attenante s'élève un concert de bêlements. Les moutons eux aussi ont senti des odeurs étrangères, dont celle d'un chien qu'ils ne connaissent pas. Les filles n'ont que le temps de se cacher derrière un gros rocher ; elles entendent la porte de la maison s'ouvrir.

– On a de la visite, grogne une voix féminine qu'elles reconnaissent aussitôt : celle de la mère de Mark.

Un silence. Les habitants de la ferme sont sûrement en train d'inspecter le paysage. Puis la voix de Mark s'élève. Fiona écoute leur dialogue, le cœur battant, pour pouvoir tout traduire aux Françaises :

– Ça doit être des promeneurs quelque part dans les collines.

– À cette heure ? répond la mère d'un ton méfiant. Et puis, Rexy aboie bien fort. Doivent pas être loin.

– Allez, maman, ne t'inquiète pas. C'est peut-être Peter qui arrive, un peu plus tôt que prévu. Je l'attendais pour huit heures.

– Tu étais obligé de lui dire comment venir à la maison ? grommelle la mère. Je n'aime pas que les gens viennent mettre le nez chez moi.

– On est tranquilles ici pour parler affaires, maman. Et j'ai confiance en Peter.

– Faudrait pas que cette maudite Fiona te retrouve avec sa bande de gamines.

– Qu'est-ce que tu veux qu'elles me fassent ? demande Mark dans un éclat de rire. Qu'elles me ligotent et qu'elles m'amènent K.-O. chez Scotland Yard ?

Fiona, rouge de fureur, se tourne vers les filles pour leur murmurer une traduction, quand elle s'aperçoit que Clémence a aussi changé de couleur.

– J'ai tout compris, dit la Française avec une grimace de colère.

La porte de la maison s'est refermée ; les filles entendent la mère de Mark qui hurle l'ordre au chien de se taire. Les moutons finissent par se calmer aussi. Dans le silence qui s'ensuit, Fiona chuchote :

– Écoutez-moi. Je vais aller frapper à la porte toute seule.

– Mais… commence Alix.

– Si. J'insiste. Il vaut mieux. C'est pour votre sécurité. Je suis responsable de vous puisque je suis la seule adulte.

Je vais parler avec ces gens, sans leur dire que vous êtes là. Si je ne reviens pas, vous appelez la police. D'accord ? C'est plus sûr.

– On ne peut pas… commence Clémence.

Fiona met un doigt sur ses lèvres et continue :

– À quoi ça servirait qu'on soit capturées toutes les cinq ? Il vaut mieux que vous donniez l'alerte en cas de problème.

Sur ces mots péremptoires, elle s'éloigne vers la maison. Alix sort son portable de sa poche.

– Elle est gentille, mais on est au milieu de nulle part ici, je ne capte pas…

Les filles échangent un regard désemparé, puis elles fixent des yeux Fiona qui frappe à la porte après leur avoir fait un dernier petit signe amical, suivi d'un geste pour leur demander de bien se tapir derrière le rocher. La porte s'ouvre sans que les filles osent lever la tête par-dessus le bloc…

Pendant de longues, longues secondes, elles restent ainsi serrées les unes contre les autres, Hector blotti au milieu d'elles. Puis Clémence chuchote :

– Je vais aller écouter sans me faire voir.

– Par où ? murmure Alix. Les volets sont fermés !

– Par la cheminée. En grimpant par l'auvent de la bergerie, qui est en pente douce, je pense réussir à atteindre le toit.

– J'y vais ! s'exclame Alix à voix basse.

– Non, répond sa cousine. Je grimpe moins bien que toi, mais je comprends mieux l'écossais…

Alix soupire :

– C'est pas faux. Vas-y, mais sois prudente.

Quelques instants plus tard, un concert de bêlements éclate. Les moutons sont affolés par les pas qu'ils entendent au-dessus d'eux, et Clémence s'immobilise sur le toit où elle a réussi à se hisser. Elle hésite, regarde en contrebas, se sent prise de vertige ; certes, elle n'est qu'à deux mètres du sol, mais sa posture est inconfortable sur cet auvent pentu dont le toit de chaume glisse sous ses semelles. Elle se met à quatre pattes pour grimper jusqu'à la cheminée où elle ose enfin se redresser. Impossible d'exposer son visage directement au-dessus du conduit qui crache des volutes de fumée âcre. Elle place l'oreille aussi près que possible de l'orifice, en fermant ses yeux irrités. Par chance, Fiona a dû se placer tout près du foyer pour parler : sa voix monte, distincte, jusqu'à Clémence. Il faut dire qu'elle hurle presque sous l'effet de la colère.

– … osé, j'ai du mal à y croire ! Et tu as pensé que je repartirais chez moi sans avoir récupéré ma part ?

– Ton entêtement va peut-être te coûter cher, Fiona, répond Mark d'une voix sèche, calme. Nous sommes ici dans des collines très isolées. Si tu disparais, personne ne sera au courant que…

– Des menaces ! jette Fiona avec un éclat de rire théâtral. Mais, mon cher Mark, j'ai pris mes précautions. Les quatre gamines sont avec moi, figure-toi.

À ces mots, Clémence rouvre les paupières et, les yeux écarquillés, jette un regard vers ses amies. Mais dans la nuit, elle ne distingue plus leurs silhouettes derrière le rocher.

– Elles n'attendent qu'un signal de ma part pour ameuter la police, qui peut être ici dans les trois minutes.

Clémence soupire, rassurée. C'est du bluff : Fiona joue la comédie pour intimider Mark.

– Où sont-elles ? intervient la mère de l'acteur d'une voix glaciale.

Fiona répond avec une froideur égale :

– Donnez-moi mes deux mille dollars, immédiatement, et je vous répondrai.

– Je ne les ai pas ici… Pas encore, rétorque Mark.

– Menteur !

– Je te le jure. On sera payés au moment de la remise du tartan à celui qui vient le reprendre.

– Où sont les filles ? répète, menaçante, la mère de Mark.

Fiona ne se laisse pas démonter :

– Donnez-moi une preuve que je serai payée, une assurance qui puisse m'inspirer une entière confiance, et je répondrai à cette question.

Après un long silence, Mark dit lentement :

– En un sens, ça tombe bien que tu m'aies collé aux basques. Cet après-midi, j'ai reçu un coup de fil de mon contact aux États-Unis. Il nous offre trois mille dollars de plus pour piquer quelque chose d'autre.

– Quoi ?

– Je t'expliquerai plus tard. En tout cas, tu pourras être utile dans cette nouvelle opération. Mais je veux d'abord savoir où sont les filles, comme preuve que tu es franche et loyale. Tu n'as pas menti ? Elles sont vraiment là ?

– Bien sûr. Cachées derrière le gros rocher dans votre jardin. Faciles à cueillir.

Le cœur de Clémence manque de s'arrêter. Prévenir les autres, vite ! Elle s'écarte d'un bond de la cheminée pour sauter du toit, mais perd l'équilibre sur le chaume glissant et s'étale de tout son long sur la pente de l'auvent. Le chaume cède sous son poids. Elle tombe lourdement à travers. Par chance, c'est sur la mangeoire remplie de paille qu'elle atterrit. Sonnée par le choc, elle se redresse aussitôt et se laisse glisser par terre. Les moutons paniqués s'écartent en bêlant. Elle s'apprête à foncer vers la porte quand, à l'autre extrémité de l'espace vide, elle aperçoit deux cornes baissées. Un bélier furieux la charge en faisant vibrer le sol.

Clémence se refuse le luxe d'être paralysée par la terreur et fait un saut de côté. Emporté par son élan, le bélier la dépasse, et ses cornes percutent durement le mur de la bergerie. Il reste un instant immobile, à moitié assommé par la violence du heurt. Plusieurs secondes s'écoulent au ralenti, pendant lesquelles Clémence bouche bée voit s'ouvrir un étroit passage dans le mur, comme si les cornes du bélier avaient actionné un mécanisme en frappant les pierres inégales. L'animal secoue la tête, frappe le sol de ses sabots, la colère fait frémir tout son corps. Par réflexe, pour échapper au danger, Clémence s'engouffre dans le souterrain. Derrière elle, un grincement déchirant retentit. Lorsqu'elle se retourne, le passage s'est refermé sur elle.

Chapitre 7

Tandis que Clémence se rend compte qu'elle est bloquée dans le souterrain, ses trois compagnes n'ont même pas le temps de voir Mark et sa mère sortir comme des flèches dans la nuit, avec Fiona sur leurs talons. Elles sont rapidement capturées. Hector fait mine de s'opposer, mais la mère de Mark gronde d'une voix sourde :

– Fiona, dis à ces filles que si elles ne maîtrisent pas leur peluche, je détache mon gros chien de garde.

La traduction est aussitôt faite.

– Hector, ordonne Juliette, du calme.

Les trois prisonnières sont conduites d'une poigne de fer jusque dans la maison. Elles découvrent une pièce éclairée par deux mauvaises lampes à pétrole. Cette salle, assez petite, semble faire office à la fois de salon, de cuisine et de chambre, avec ses deux lits qui servent de banquettes, et sa table encombrée de vaisselle sale. La fumée qui plane sous les poutres basses du plafond fait tousser les filles.

– Par ici, grommelle Mark en les poussant sans ménagement vers le fond. Malgré les apparences, cette pièce à vivre n'est pas unique ; la mère de l'acteur ouvre un réduit qui aurait l'allure d'un placard sans la lucarne percée dans le mur opposé à la porte.

Quelques minutes plus tard, les filles se retrouvent ligotées sur trois chaises alignées l'une contre l'autre dans cet espace minuscule. Mark a aussi passé une corde au cou d'Hector qu'il a étroitement attaché au pied de chaise de Juliette. Les filles n'ont pas osé opposer de résistance, car l'opération s'est déroulée sous le regard féroce d'un chien gigantesque.

– Un seul geste et j'ordonne à Rexy d'attaquer, dit la mère de Mark avec une franchise convaincante.

Fiona regarde les trois filles tour à tour, puis demande d'une voix lente, en articulant chaque syllabe :

– Où est Clémence ?

Les trois prisonnières font un geste d'ignorance.

– Menteuses ! rétorque Fiona.

Alix dit lentement :

– Mentir, aucune de nous trois ne sait faire. Il faudrait que tu nous donnes des leçons.

Une gifle claque, magistrale. Alix en a les larmes aux yeux. Mais elle ne regrette pas ce qu'elle a dit. La fourberie de Fiona lui donne des picotements de rage jusqu'à la racine des cheveux.

– On va la retrouver, de toute façon, siffle Fiona. Puis elle se tourne vers Mark et sa mère et s'entretient brièvement avec eux en faisant exprès de rendre son accent incompréhensible.

Trois secondes plus tard, la porte du réduit s'est refermée, une clé a grincé dans la serrure et les filles se retrouvent seules, à peine éclairées par le rai de lumière qui passe sous la porte.

– Qu'est-ce qu'on fait ? murmure Gwen en essayant de cacher le tremblement de sa voix.

– Confiance, Clémence est débrouillarde, chuchote Juliette.

– Je me demande bien où elle est, fait Alix. Vous l'avez vue tomber, comme moi ?

– Oui. Mais de là à savoir où elle a fini sa chute…

– Les moutons ont fait un sacré raffut quand elle a dégringolé, dit Juliette.

– Toi aussi, tu fais un sacré raffut ! répond Alix en tournant la tête vers elle. Qu'est-ce que tu fabriques ?

– J'essaie de me libérer. Mais la corde est trop serrée.

– Et si tu te penchais de côté pour essayer de soulever ta chaise ? Ça dégagerait la corde qui retient Hector.

– M'étonnerait. Mark fait des nœuds qui retiendraient un éléphant suspendu dans un précipice.

Juliette essaie quand même. Au milieu de ses contorsions, quelque chose tombe de sa poche et tinte sur le plancher.

– Un penny, dit-elle en suivant du regard la piécette qui roule par terre, éclairée par la fente de la porte. Soudain, elle disparaît entre deux lattes.

– Va me la rechercher, Hector, demande Juliette.

L'épagneul tire sur sa longe au maximum. Il a juste assez de corde et colle le museau au plancher pour attraper le penny coincé. Mais il n'arrive pas à s'en saisir, ce qui le met dans un état de nervosité indescriptible : il gémit, frappe le plancher de ses pattes, agite la queue, jappe tout bas...

– Arrête ton sketch, Hector, soupire Juliette. Ce n'est qu'une pièce de rien du tout, on a d'autres soucis.

– Ah, s'exclame une voix étouffée sous leurs pieds, c'est vous qui avez essayé de m'assommer avec un penny ?

– Clémence ! soufflent ensemble les trois prisonnières.

« Je vous disais bien que je sentais son odeur », semble dire Hector qui agite la queue de plus belle.

– Tu es en dessous ?

– Oui, dans un souterrain qui part de la bergerie, répond Clémence. Vous êtes seules ?

– Oui. Ils sont en train de te chercher partout. Oh… Chut, ils reviennent ! Surtout, ne bouge pas !

En effet, les filles ont entendu s'ouvrir la porte d'entrée de la maison : les trois Écossais sont de retour dans la pièce principale.

– Ils ne sont pas seuls, commente Alix. Il y a une autre voix d'homme…

Les prisonnières passent quelques instants à écouter la conversation sans rien y comprendre.

– C'est Peter, le faux cameraman ! s'exclame soudain Alix tout bas.

– Comment tu le sais ? On a à peine entendu le son de sa voix l'autre nuit.

– Réfléchissez ! Mark a dit à sa mère qu'il l'attendait pour ce soir.

– C'est vrai, s'exclame Gwen.

– Qu'est-ce qu'ils peuvent bien se raconter ? gémit Juliette. Dommage que Clémence soit en dessous !

– Justement j'arrive, chuchote la voix de Clémence, tandis qu'une latte de plancher se soulève sans bruit. Sous le regard ébahi de ses amies, Clémence déplace une deuxième latte. La chaise d'Alix bascule sans prévenir : l'un de ses pieds était posé sur la planche en mouvement ! Les bons réflexes d'Alix sauvent la petite bande d'une catastrophe : elle se redresse, ses pieds agiles remplacent l'équilibre défaillant de la chaise, la chute est évitée et le vacarme aussi. Pendant ce temps, Clémence s'est hissée à la surface du plancher. À la lueur de la petite frontale que chacune des filles a pris l'habitude d'avoir en permanence dans sa poche, elle détache aussi vite que possible les nœuds formés par Mark.

– Tu es folle, lui glisse Alix à l'oreille pendant que sa cousine la libère. Ils peuvent rentrer n'importe quand.

– Je m'dépêche, chuchote Clémence en gardant son sang-froid.

Une fois que tout le monde est libre, Clémence fait signe aux autres de sauter dans le souterrain.

– Ce n'est pas profond, chuchote-t-elle.

Gwen, Alix, Juliette, Hector disparaissent tour à tour sous le plancher. Une fois seule dans le réduit, Clémence regarde autour d'elle. Son regard est attiré par la vitre de la lucarne qui reflète le rayon de sa lampe. Elle réfléchit une seconde, grimpe sur l'une des chaises, ouvre la lucarne et le volet. Puis elle plonge à son tour dans le souterrain, et remet en place, à tâtons, les deux lattes du plancher.

– Comment tu as su que le plancher s'ouvrait ? murmure Juliette.

– Ce n'est pas sorcier, regarde.

Clémence éclaire le plafond du tunnel, où l'envers des lattes est bien visible.

– Ça va où ? interroge Alix à mi-voix.

– Je suis arrivée par là, répond Clémence en étendant le bras gauche. Ça donne dans la bergerie. Il y a un mécanisme dans le mur, c'est le bélier qui l'a actionné.

– ?

– Oui, bon, je vous expliquerai plus tard. En tout cas, j'ai eu beau examiner partout, je n'ai pas vu de bouton, ni rien d'autre, pour rouvrir le passage. Mettons que c'est une impasse. Par là, reprend-t-elle en étendant le bras droit, je ne sais pas où ça va. J'allais explorer plus loin quand j'ai reçu votre fortune sur le crâne.

À la lueur des lampes qu'elles ont toutes allumées maintenant, les quatre filles se regardent avec un sourire grave.

– Contentes de vous avoir retrouvées, ajoute Clémence.

– *Yes,* nous aussi, répond Gwen les yeux brillants.

– On continue ? demande Clémence. Qui passe en premier ?

– Je veux bien, chuchote Alix. Sauf si je prive quelqu'un.

– À toi l'honneur.

Les filles se mettent en file indienne dans le boyau étroit et malodorant. Leurs chaussures s'enfoncent dans une boue visqueuse, mais peu profonde. Pour ne pas glisser, elles mettent les mains sur les parois. Au bout de quelques pas, Gwen fait une grimace de dégoût en inspectant ses doigts dans le rayon de sa lampe : ils sont noirs et mouillés. Mais elle continue bravement, inspirée par le courage d'Hector qui trottine devant elle, les quatre pattes enfoncées dans cette boue.

Soudain Alix s'arrête tout net : elle vient de se heurter à une toile élastique épaisse et gluante, que la lumière de sa frontale parvient à peine à percer.

– Qu'est-ce que c'est ? demande Clémence par-derrière.

Alix promène un index prudent sur la matière blanche.

– Un rideau de toiles d'araignées, répond-elle calmement.

– Argh ! s'exclame Clémence dégoûtée. Puis, d'une toute petite voix :

– Est-ce qu'elles sont habitées ?

Alix sourit et balaie le rideau opaque d'un regard circulaire.

– Je ne crois pas. Au pire, éteins ta lampe. Noires sur noir, tu ne verras pas ces petites dames ! Qui doivent être grosses quand même, d'après l'épaisseur de leurs fils…

– Les filles, je ne fais pas un pas de plus ! s'exclame Clémence. Il faut qu'on trouve une autre sortie !

– Euh… commence Juliette. Je crois que j'entends du bruit par-derrière.

– Tant pis ! s'écrie Clémence. Je préfère encore qu'ils nous retrouvent et qu'ils nous emmènent loin de cette cave de maison hantée !

– En fait, ce ne sont pas des êtres humains, murmure Juliette. C'est un frottement qui vient des… des pattes d'une araignée géante ! Elle avance vers nous !

Clémence étouffe un hurlement et fonce dans le rideau de toiles d'araignées, avec une vigueur à côté de laquelle la charge du bélier était une course d'escargot. La toile élastique cède sous le choc. De l'autre côté du rideau déchiré, Clémence demande fébrilement :

– L'araignée ? Elle est où ?

– Nulle part, avoue Juliette, et l'écho de son rire fait frémir les toiles blanches qui pendouillent. Il n'y a pas d'araignée. Mais il fallait bien te faire avancer… On n'allait pas y passer la nuit !

Entre l'humour et la colère, Clémence hésite une seconde, et choisit la première option. Pendant ce temps, Alix, Juliette et Gwen ont franchi à leur tour les toiles qui oscillent dans l'air humide et qu'Hector s'amuse à lacérer à coups de griffes. Elles se trouvent dans un espace réduit de forme carrée, et le spectacle qu'elles y découvrent les laisse pantoises.

Sur de vieilles étagères croulantes, rongées par les moisissures, s'entassent des objets mystérieux et des costumes en guenilles. Alix veut soulever un tas d'étoffes qui tombent aussitôt en poussière. Juliette saisit un masque fripé dont la grimace évoque un troll ou un sorcier, et le repose impressionnée. Clémence promène son regard sur ces vestiges d'un autre temps, sans oser les toucher…

– C'est dingue ! murmure Alix. Qu'est-ce que c'est que tout ça ?

– Regardez, murmure Gwen qui fouille la pièce avec le rayon de sa frontale. Un livre !

Posé sur une table, en effet, un grimoire barbouillé de taches d'encre s'offre à la lecture.

– Il est en français ! s'exclame Alix.

Les filles se pressent les unes contre les autres pour que chacune puisse déchiffrer l'écriture grossière qui court sur la première page.

– Je n'y comprends rien, gémit Gwen.

– Moi non plus, fait Alix.

– J'arrive à déchiffrer… Attendez… Laissez-moi lire, murmure Juliette concentrée. Quelques minutes s'écoulent dans le silence de cet étrange caveau, puis Juliette se redresse et résume d'un air ébahi :

– Celui qui écrit avait été serviteur de Flora MacDonald.

– La vraie Flora MacDonald ? demande Clémence, soupçonneuse.

– Oui, la vraie. Donc ça remonte au XVIIIe siècle. Il écrit qu'il vit dans cette maison avec sa famille, et qu'il a aménagé ce souterrain pour y cacher de faux objets de sorcellerie qui lui permettent de faire peur aux Anglais dès qu'ils passent dans le coin. Apparemment, avec ses enfants et sa femme, ils se déguisaient en fées et autres créatures magiques, du coup la région avait la réputation d'être hantée et les Anglais leur fichaient la paix. Parce que les Anglais persécutaient les Écossais, surtout les Écossais fidèles à Bonnie Prince Charlie.

– Pourquoi est-ce qu'il écrit en français ? s'étonne Alix.

– Rappelez-vous ce que Lizzy nous avait expliqué, répond Clémence. Les Écossais de cette époque se sentaient proches de la France, notamment à cause de leur religion catholique.

Gwen et Alix hochent la tête, tandis que Juliette s'écrie :

– C'est génial comme idée ! On va pouvoir se resservir de son matériel pour semer la panique chez nos amis de l'étage du dessus !

Alix retourne aux étagères, écarte avec une grimace des bocaux dont l'allure ne lui dit rien qui vaille, attrape un objet en métal qui n'a pas l'air trop répugnant, l'examine de près.

– Qu'est-ce que ça peut être ?

Tout en parlant, elle frappe les deux petites barres de fer rouillé l'une contre l'autre. Une étincelle apparaît. Contente de sa trouvaille, elle tape et frotte les deux tiges métalliques. Une flamme vive s'élève dans l'obscurité. Alix lâche l'objet, surprise, un peu inquiète.

– C'est trop fort ! s'écrie Juliette. Ça doit être le briquet dont il parle dans son journal… Un briquet qui crache des flammes ressemblant à des feux follets. Il dit que ça panique les gens superstitieux.

Les filles se regardent avec enthousiasme.

– On tient un bon filon, les amies, s'exclame Juliette en se frottant les mains. Elle baisse les yeux :

– Hein, Hector ? Qu'est-ce que tu dirais d'aller gémir sur la lande déguisé en loup-garou ?

Chapitre 8

Décidées à exploiter leur découverte, les filles inspectent tous les recoins de la pièce dans l'espoir de trouver une sortie débouchant sur la lande. Peine perdue, ce réduit est un cul-de-sac.

– Pas le choix, il faut ressortir par la maison, conclut Gwen avec l'enthousiasme d'un soldat qu'on envoie au peloton d'exécution.

– Courage, dit Alix en lui secouant l'épaule, nos amis là-haut finiront bien par sortir prendre l'air.

– Vous avez toujours vos sacs à dos sur vous ? demande Juliette.

– Oui, répond Clémence en tâtant le sien. Une chance que Mark ne vous les ait pas enlevés au moment de vous attacher sur les chaises !

– Ils étaient tellement légers qu'il n'a pas dû les voir, fait Alix. Moi, j'avais oublié que je portais le mien.

– Tu ne vas pas l'oublier longtemps, répond Juliette avec humour, en chargeant son propre sac de tissus et d'objets mystères ramassés sur les étagères.

Quelques instants plus tard, chargées comme des mules, les filles rebroussent chemin dans le tunnel. Au moment où elles atteignent l'endroit où les lattes de plancher ont permis à Clémence de délivrer les autres, elles entendent un remue-ménage au-dessus d'elles.

– … *They must be somewhere* !

– « Elles sont forcément quelque part », traduit Clémence dans un murmure.

– Tiens, qu'est-ce qu'ils cherchent ? demande Gwen d'un ton ironique.

Les voix, furieuses, lancent ce qui ressemble à des bordées de jurons.

– Ces mots ne sont pas dans mon dictionnaire simplifié, fait Clémence avec un sourire. Elle prête l'oreille de nouveau et son sourire s'efface :

– Mark dit qu'on n'a pas pu quitter la maison et qu'il retournera tout le plancher s'il le faut, pour nous retrouver.

De fait, des coups sourds ébranlent bientôt le plafond de bois qui surplombe les filles. Des gravats s'abattent sur leurs cheveux. Clémence respire un nuage de poussière qui la fait tousser ; les coups s'arrêtent aussitôt.

– J'ai entendu du bruit, fait Mark.

– Par où ? demande sa mère.

– Je ne sais pas. Quelqu'un a toussé.

Clémence, la gorge en feu, s'enfouit fébrilement la bouche dans sa manche, le coude replié, crispé sur son nez, pour bloquer sa quinte de toux. Les secondes passent, interminables ; là-haut aussi, ils retiennent leur souffle pour écouter…

– C'était sûrement Rexy, grogne la mère de Mark.

– Je suis comme Mark, intervient Fiona, j'ai cru entendre une toux humaine.

– Mais où ? trépigne la mère. Ce ne sont pas des souris, ces filles, elles n'ont pas pu disparaître sous terre ! Arrête de t'en prendre au plancher, Matt, il est assez usé comme ça.

– Ravie d'apprendre ton vrai prénom, Matt, fait la voix ironique de Fiona.

– Toi, tais-toi, répond Mark-Matt d'une voix peu galante.

– Laisse tomber, insiste la mère de l'acteur. Elles sont sorties par la lucarne, je te dis. Puisqu'elle était ouverte avec la chaise devant !

Clémence sort le nez de sa manche, révélant un sourire satisfait. Quelle chance que cette idée lui soit venue… Elle pensait pourtant, vu la taille de la lucarne, que cette hypothèse serait écartée d'emblée.

– J'ai du mal à y croire, rétorque Mark. Enfin, elles ne pourront pas aller loin dans la nuit. Où est Peter ?

– Dehors, à essayer de retrouver leurs traces.

– Rappelle-le, Fiona. Il faut qu'on parle avant de continuer les recherches.

– Il faut qu'on écoute ce qu'ils vont se dire, chuchote Clémence en traduisant à sa manière les propos de l'acteur.

Les voix des Écossais s'éloignent ; Clémence entraîne ses amies plus avant dans le tunnel, en espérant que le plancher de la pièce principale laissera aussi filtrer la conversation en cours. Hélas, le silence est total, ici le souterrain est bien isolé de la surface.

– Restez en bas toutes les trois, murmure Clémence. Je vais remonter écouter par la porte. Je plongerai sous terre au moindre danger…

Aussitôt dit, aussitôt fait. En soulevant les lattes du plancher, Clémence est traversée par une idée affreuse : et si Rexy était enfermé dans le réduit ? Ou s'il la flairait à travers la porte ? Heureusement le molosse n'est pas là. Mais par sécurité, Clémence s'assied au bord du trou, les pieds dans le vide, histoire de sauter plus vite si la porte livre passage à un chien déchaîné. Inutile de se coller à la serrure, de toute façon ; les Écossais parlent fort. Elle reconnaît d'abord la voix de Peter.

– … projet fou ? C'est plus dangereux que d'aller piquer un tartan sans valeur.

– Le Fairy Flag est une vraie attraction touristique à Skye, ajoute Fiona. Sa disparition donnerait lieu à des recherches plus importantes.

– C'est bon, rétorque Mark contrarié, inutile de m'informer sur Skye, je connais mieux que vous le Fairy Flag, sa soi-disant fabrication par des fées, et ses prétendus pouvoirs magiques censés faire gagner toutes les victoires au clan qui le possède. Mais à propos de pouvoirs magiques, mon contact à Chicago nous offre une rallonge pour voler aussi ce célèbre vieux bout de tissu. Alors moi, personnellement, je cède au pouvoir magique de l'argent.

– Pourquoi s'intéresse-t-il autant au Fairy Flag ? s'exclame Fiona stupéfaite.

– Ce n'est pas pour lui. Il n'est qu'un intermédiaire. L'homme qui veut ces objets est un milliardaire. Il voulait le tartan, maintenant il veut le Fairy Flag, mon interlocuteur ne m'a pas dit pourquoi. Tout ce que je sais, c'est qu'il est inquiet. Il pense que c'est dangereux de piquer deux objets de suite. Il nous demande de faire très attention.

– Moi, je pense surtout que c'est dangereux de s'attaquer au Fairy Flag, intervient sa mère d'une voix lugubre. Tu vas me dire comme d'habitude que ce sont des histoires de bonne femme. N'empêche, les fées, personne n'a jamais prouvé que ça n'existait pas. Et ce Fairy Flag pourrait bien être défendu par des puissances surnaturelles.

– Allez, Maman, c'est bon, dit Mark agacé. Tu me raconteras tes vieilles légendes une autre fois, même si elles me passionnaient quand j'étais gosse.

– Et le tartan ? demande Fiona à brûle-pourpoint. Vous l'avez caché où ?

Clémence retient son souffle pour être sûre de comprendre la réponse, mais celle-ci se révèle décevante :

– *Don't worry.* Il est en lieu sûr. Introuvable. Je préfère garder le secret, mais si je suis arrêté, tu demanderas à ma mère, elle est au courant.

La voix de Fiona reprend, glaciale :

– Monsieur le cachottier nous dirait-il au moins quand et où on doit remettre les deux précieux objets à son contact américain ?

Mark baisse la voix comme s'il se souvenait soudain que les prisonnières s'étaient échappées.

– Après-demain, aux Highland Games de Portree. Et maintenant, je vous rappelle qu'on doit remettre la main sur quatre filles et un chien qui se baladent dans la nature. Allons-y, on va ratisser les environs, elles ne peuvent pas être loin. Elles ne connaissent pas les collines.

– Attention, dit Fiona, elles ont le sens de l'orientation. Heureusement, c'est moi qui ai gardé la carte du touriste chinois.

– Maman, tu vas détacher Rexy et tu pars avec lui vers Kylerhea ? Je vais aller…

Clémence n'entend pas la suite ; les voix se sont estompées, les Écossais sont sortis dans la nuit. Elle saute dans le souterrain et résume à ses amies toutes les informations qu'elle a obtenues.

– On attend deux minutes qu'ils se soient suffisamment éloignés, propose Alix, et on sort d'ici.

– Par où ? souffle Gwen.

– Par la porte, comme tout le monde !

– Mais ils vont nous retrouver s'ils sont dehors, reprend Gwen en frissonnant.

– On va se cacher. Pas loin, à trois ou quatre minutes à pied d'ici, en évitant le chemin par lequel on est arrivées, qui est celui de Kylerhea… pour garder nos distances avec Rexy et son flair.

– Et surtout ses crocs, glisse Clémence.

– Dans le noir, ils ne pourront pas regarder partout… On a toutes nos chances de s'en tirer, les filles. Allez, *go* !

Et Alix se hisse à la surface du plancher.

– Alix ! chuchote Gwen. Rappelle-toi, il y avait des ruines d'autres fermes indiquées sur la carte ! On pourrait…

– S'y cacher ? Tu es folle ? C'est là qu'ils commenceront leurs fouilles !

– Tu as raison, concède Gwen.

Cinq minutes plus tard, les filles et Hector sont allongés de tout leur long sous la protection de l'herbe qui camoufle – très mal – leur présence. Ils se trouvent dans la lande, au milieu de nulle part, sous les étoiles qui clignotent, avec le vent pour seul compagnon.

Alix humidifie son doigt et regarde ses amis d'un air satisfait, sans risquer ne serait-ce qu'un murmure. C'est une brise du sud qui souffle. Rexy n'aura pas leur odeur dans le museau, puisqu'il est parti vers l'est.

De longs instants plus tard, elles entendent des pas à une faible distance de leur cachette toute relative. Elles retiennent leur souffle ; les pas s'éloignent. Était-ce Peter, Mark, Fiona ? Quoi qu'il en soit, le marcheur retourne vers la ferme. Elles sont sauvées.

– Et maintenant ? chuchote Clémence.

– Je pense qu'il faut qu'on aille voir ce Fairy Flag de plus près, murmure Alix. Ils avaient raison, en plus, c'est un must quand on vient en voyage à Skye. Tous les guides le disent, je l'ai lu dans le mien.

– C'est où, Dunvegan ? demande Gwen.

– Pile de l'autre côté de l'île. Il va falloir qu'on se trouve un bus.

– La question est de savoir quand ils vont essayer de piquer ce Fairy Flag, dit Clémence.

– Ce sera forcément demain soir dans la nuit, répond Alix. En plein jour, c'est compliqué. Et après-demain, ils doivent remettre les deux trucs.

– Vous avez vu ? murmure Gwen. La mère de Mark a l'air de craindre les fées… On va peut-être avoir un gros succès si on utilise notre matériel de magie !

– On part maintenant ? dit Clémence en se soulevant sur ses coudes.

Alix se redresse aussi :

– On peut marcher un peu pour nous éloigner de la ferme, mais ensuite il faudra dormir à la belle étoile, les filles. Demain la journée sera longue… Autant l'attaquer reposées.

*
**

Le bus roule entre les collines, dans un doux ronronnement qui berce les voyageurs. Les filles somnolent, fatiguées après leur nuit à la dure, contentes d'avoir devant elles une heure et demie de trajet jusqu'au château de Dunvegan.

Soudain le portable d'Alix sonne plusieurs fois pour signaler l'arrivée de textos et de messages vocaux. C'est Mary, toujours hospitalisée, qui se fait un sang d'encre à leur sujet, et qui indique dans son dernier message qu'elle préviendra la police à dix heures si les filles ne lui ont pas donné de nouvelles… Il est neuf heures et demie. Clémence se dépêche d'appeler leur logeuse.

– Où êtes-vous ? s'exclame la pauvre Mary d'une voix chargée d'inquiétude.

– Excuse-nous, Mary, mon portable ne capte pas bien à Skye… Nous venons d'avoir tes messages… Oui, tout va bien… Nous sommes en promenade, ça risque de couper à nouveau… Non, pas loin de chez toi, ajoute Clémence en regardant ses amies d'un air piteux.

Alix, Gwen et Juliette l'encouragent du regard. Clémence ne ment pas, Skye est une petite île, rien n'est vraiment « loin ». Mais elles ont beau se rassurer ainsi, elles n'ont pas la conscience tout à fait tranquille.

– Oui, oui, tout va très bien, s'exclame fermement Clémence, avec le sentiment réconfortant de dire la vérité.

À la fin de la conversation, elle raccroche, rend son téléphone à Alix, pousse un soupir.

– Vivement qu'on soit majeures, les filles…

Au fil des arrêts, des passagers montent et descendent ; les filles ouvrent à peine un œil quand ces silhouettes floues les frôlent en arpentant l'allée du véhicule.

Soudain, dans la béatitude de son demi-sommeil, Clémence est troublée par un détail insignifiant. Un parfum qui sent bon le muguet et lui rappelle quelque chose… ou quelqu'un… Elle entrouvre une paupière. La femme qui vient de monter dans le bus l'a dépassée, elle se trouve derrière elle. Clémence se retourne, et reconnaît aussitôt la porteuse de cette eau de toilette : c'est Lizzy !

Le cœur de Clémence fait une embardée. Lizzy les a-t-elle remarquées ? Forcément. Quatre filles et un chien, sagement alignés sur les sièges d'un bus, ne peuvent passer inaperçus. Pourtant, la fausse conservatrice s'est assise à une place vide, deux rangées derrière, et regarde distraitement par la vitre, dans l'attitude de quelqu'un qui est plongé dans ses pensées et indifférent au monde qui l'entoure.

Clémence se frotte les yeux, pousse discrètement du coude Alix qui dort affalée contre son épaule.

– Cousine de mon cœur ! Il y a un *big problem*... souffle-t-elle.

– Eh ? Quoi ? demande Alix d'une voix pâteuse.

– Ne te retourne pas, mais essaie de connecter tes neurones en vitesse. Lizzy est derrière nous. Qu'est-ce qu'on fait ?

Le regard hébété d'Alix se pose sur l'appuie-tête de devant, puis glisse vers Gwen et Juliette qui dorment de l'autre côté de l'allée, Hector allongé sur leurs genoux.

Ensuite, elle s'étire, bâille, lève les yeux au ciel. Après quelques secondes de silence, elle se tourne vers Clémence :

– Je m'ennuie avec toi comme voisine. Je vais aller m'asseoir à côté de Lizzy.

– T'es folle ! chuchote Clémence.

– Pas tant que ça. Il faut agir, c'est urgent. Regarde là-haut !

Clémence lève la tête. Au-dessus d'elles se trouve la planche vitrée destinée aux bagages légers ; le verre teinté reflète les rangées de sièges de l'arrière, et Clémence aperçoit distinctement un téléphone portable vissé à l'oreille de Lizzy. Alix s'est déjà levée, et murmure en s'éloignant :

– Réveille les autres.

Tandis que Clémence tire Juliette et Gwen de leur sommeil, Alix se laisse tomber sur le siège vide à côté de Lizzy, et aussitôt, d'un geste totalement imprévisible, elle arrache son téléphone à la fausse conservatrice pour le glisser dans sa poche. La stupeur paralyse Lizzy pendant une seconde, et Alix en profite pour lui glisser à l'oreille :

– Ne va pas crier au voleur. Je pense que ce ne serait pas une bonne idée.

Tout en parlant, elle vérifie que le téléphone est coupé, puis le fourre dans sa poche de nouveau. Question de prudence. Elle ajoute aussitôt :

– Si tu attires l'attention de la police sur nous, remarque, ça nous rendra service. On pourra parler de vous et du tartan.

Lizzy reste muette, mais ses joues qui passent du blanc à l'écarlate trahissent son agitation intérieure.

– Bon, écoute, poursuit Alix, je pense qu'on n'a plus rien à se dire. Je ne sais pas où tu vas, nous on descend au prochain arrêt, c'est là qu'habitent nos familles d'accueil. N'essaie pas de nous suivre, sinon on pourra aussi leur parler de toi. Allez, au revoir !

Alix fait un clin d'œil à Lizzy et rejoint sa place. Les regards interrogateurs de ses amies sont rivés sur elle.

– On descend au prochain arrêt, murmure Alix à Clémence.

– Quoi ?

– Obligées. Il ne faut pas qu'elle sache qu'on va à Dunvegan, on n'est pas censées être au courant de leur nouveau projet. On fera le reste du trajet à pied. Fais passer le message.

Clémence soupire.

– On en a au moins pour toute la journée !

– La marche, rien de tel pour découvrir un pays, rétorque Alix en donnant une tape amicale sur l'épaule de sa cousine.

*
**

Les collines moutonnent à perte de vue. Au début de leur randonnée forcée, les filles s'émerveillaient à chaque sommet gagné, s'extasiaient devant le moindre petit lac niché au creux de la vallée suivante. Six heures plus tard, le moral n'est plus aussi haut. Les sacs bourrés de matériel pèsent lourd, les estomacs crient famine, les gourdes sont presque vides, et Dunvegan paraît encore loin. Hector lui-même trébuche d'épuisement à la moindre racine cachée sous la bruyère.

– Je n'en peux plus, soupire Gwen en déposant son sac au bord d'un lac marécageux. Il me faut une pause.

– On peut s'accorder cinq minutes, propose Alix.

Comme à chaque épreuve d'endurance, elle se rend compte que c'est elle qui résiste le mieux à la fatigue, et s'en veut presque d'être si en forme au milieu de l'épuisement général.

– Tu veux que je prenne ton sac, Gwen ?

– Pas question.

Alix sourit, regarde ses compagnes affalées sur leurs gros sacs à dos, et tente de raviver l'optimisme général :

– On a de la chance, maintenant le soleil a tourné, on n'a plus qu'à le suivre pour aller droit à l'ouest.

– Ça veut dire que l'après-midi est bien avancé, grommelle Juliette. On n'arrivera jamais.

Clémence se lève subitement comme si elle était montée sur ressorts.

– Quel enthousiasme ! s'exclame Alix. Tu es tellement pressée de…

Alix s'interrompt. À son tour, elle vient d'être attaquée par un nuage noir qu'elle identifie immédiatement à force d'en avoir lu des descriptions dans les guides sur l'Écosse.

– Des *midges* ! hurle Juliette. On avait bien besoin de ça en plus, tiens !

Les quatre filles et Hector ressemblent maintenant à des marionnettes en transe. Ils se donnent des coups, se bouchent les oreilles, le nez, les yeux, piquent des sprints dans la bruyère, s'agitent follement dans l'espoir d'éloigner la nuée des moustiques redoutables. Leurs efforts sont vains : couverts de boutons, pantelants, hagards, ils reprennent leur chemin après une cuisante défaite contre l'ennemi plus fort en nombre…

– Finalement, murmure Gwen après avoir repris haleine, je me demande de quoi on se plaignait tout à l'heure. Les *midges*, c'est la cerise sur le gâteau !

– On se dépêche d'avancer ? ajoute Clémence en oubliant sa fatigue. Parce que je serais dégoûtée d'avoir vécu tout ça et d'arriver trop tard à Dunvegan pour sauver ce Flag de malheur !

Et la petite colonne repart à marche forcée dans la lande déserte.

Chapitre 9

Vers dix-neuf heures, enfin, les filles aperçoivent à l'horizon la silhouette massive du château de Dunvegan. D'après leurs renseignements, il est fermé au public depuis dix-sept heures. Éclairé par les rayons dorés d'un soleil en fin de course, il domine fièrement la lande et le lac qui l'entourent, et offre un aspect rassurant, comme si ses vieilles pierres clamaient : « Nous avons traversé des siècles et des siècles : ce n'est pas pour céder ce soir à un vulgaire cambriolage. »

Les filles observent les murailles grises qui tombent à pic, prolongées jusqu'au lac par un ravin naturel escarpé. Elles regardent longuement les créneaux, les échauguettes, les mâchicoulis sévères.

– Le copain américain de Mark a de quoi se faire du souci en effet, s'exclame Juliette. Assiéger une forteresse comme celle-ci, moi ça me donnerait des sueurs froides !

Clémence hoche la tête :

– Le problème, c'est qu'ils ne sont pas sur la défensive ici... Ils n'ont pas massé des bataillons de gardes autour du Fairy Flag. Alix, tu dis qu'il est dans un salon de la tour principale ?

– Oui, sous verre, j'avais lu ça dans mon guide. C'est un petit lambeau de tissu, très abîmé, qu'ils conservent soigneusement dans un cadre.

– On va prévenir le gardien, alors ? demande Gwen, ses yeux noisette cernés par la fatigue. En espérant qu'il y en ait un.

– Regardez, s'exclame Clémence en scrutant l'entrée de loin. Il y a des groupes de visiteurs qui sortent. Il y a dû y avoir une nocturne. On a de la chance ! Venez vite...

Les filles repartent d'un bon pas malgré la gêne des courbatures et le poids de leurs sacs qui leur scient les épaules après cette interminable journée de marche. Soudain Juliette ralentit, freinée par une idée encore plus lourde à porter que la quincaillerie entassée dans son sac :

– Les filles… Pourquoi est-ce que j'y pense maintenant… Il nous aurait suffi de téléphoner au château pour prévenir !

– Le portable d'Alix ne capte pas, répond ingénument Gwen.

– On aurait pu utiliser celui de Lizzy, tête de linotte ! murmure Juliette. Elle nous doit bien ça ! Ça me tue qu'on se soit donné tant de mal sans réfléchir…

– J'y ai pensé, figure-toi, tranche Alix fermement. Seulement, ce vol du tartan auquel j'ai si bien contribué me reste sur l'estomac. J'ai participé la première fois, je veux participer la deuxième, dans le rôle inverse.

Les autres regardent bouche bée la lueur de défi qui brille dans ses yeux.

– Question d'honneur, en quelque sorte, termine Alix en repartant à grandes enjambées.

Clémence sourit et se tourne vers Juliette avec un geste d'impatience comique :

– Qu'est-ce que tu veux, maintenant on est là de toute façon.

– Ouais, grommelle Juliette. Ils n'ont plus qu'à faire bien attention.

Hector gronde d'un air bravache pour appuyer la déclaration de sa maîtresse.

Lorsque les filles atteignent la grille d'entrée, les derniers touristes s'en vont sous l'œil du gardien, un homme entre deux âges à l'air aimable et courtois.

– Bonsoir monsieur, commence Clémence dans son plus bel anglais, pourriez-vous…

– Non, mesdemoiselles, c'est impossible, le parc ferme, je suis désolé.

– Mais nous ne voulons pas entrer ! Nous voudrions juste…

Clémence sent que le gardien l'écoute d'une oreille distraite, occupé qu'il est à surveiller et saluer les visiteurs qui sortent.

– … vous dire quelque chose d'important, dit-elle en haussant le ton pour capter son attention.

– Je vois, répond l'homme avec un flegme parfaitement britannique, en fixant enfin des yeux les filles fatiguées et poussiéreuses chargées de leurs gros sacs à dos. « Puis-je vous suggérer d'attendre quelques minutes sur le banc que vous voyez là-bas, je termine mon devoir et je suis à vous. Je veux dire, si vous le voulez bien. »

– J'aurais dû dire « urgent » en plus d'« important, » fulmine Clémence en faisant signe à ses amies de s'éloigner de la grille.

Les visiteurs n'en finissent pas de sortir en flânant. Les quatre filles couvent le gardien des yeux, impatientes de pouvoir lui parler. Hector s'est précipité vers le lac, dévoré par la soif ; mais avant d'avoir atteint la rive, il met le museau au vent, s'immobilise et revient ventre à terre vers le banc où attendent ses amies.

– Qu'est-ce que tu as, Hector ? demande Juliette en entendant son chien gronder, mais sans détacher les yeux du gardien.

Hector n'a pas le temps de donner la moindre explication. Une jeune fille chargée d'une large valise noire s'approche du gardien comme si elle voulait entrer, et lui tend une lettre. Le gardien la parcourt, hoche la tête, fait un sourire entendu à l'inconnu, et d'un geste poli lui indique qu'elle peut pénétrer dans le parc.

– C'était Mark ! chuchote Juliette.

– Non ! s'exclame Alix.

– Je crois aussi l'avoir reconnu, glisse Gwen. Rappelez-vous… L'autre jour, il a dit qu'il n'avait aucun problème pour jouer le rôle de Bonnie Prince Charlie déguisé en servante.

Clémence hoche la tête :

– Et on s'était fait la remarque qu'il avait un visage assez féminin.

– Mais alors…

Alix peine à formuler sa phrase, change de couleur, et parvient enfin à articuler :

– Ça veut dire que le gardien est son complice. Il l'a laissé entrer, lui !

Les filles échangent un regard atterré et restent muettes de stupeur pendant un long moment.

– Et toi qui regrettais de ne pas avoir téléphoné au château, dit Clémence à Juliette. Tu imagines si on avait appelé cet homme ?

– Et maintenant ? demande Gwen. Qu'est-ce qu'on fait ?

– On va devoir sauver le Fairy Flag nous-mêmes, je crois… lâche Clémence.

– Bon, eh bien, action, souffle Juliette. D'abord il faut disparaître à la vue du gardien. Oh, il nous regarde !

De fait, l'homme a lancé un coup d'œil vers le banc, comme pour vérifier que les filles s'y trouvaient toujours.

– Il nous surveille ! murmure Clémence. Et dire qu'on attendait sagement qu'il soit disponible !

D'un seul élan, les filles se lèvent et s'éloignent en feignant la nonchalance pour ne pas donner au gardien une raison de leur courir après. Hector leur emboîte le pas d'un air déterminé : il est sur le pied de guerre depuis que le vent du soir lui a apporté l'odeur de Mark.

Le ravin et sa végétation ont vite fait de dissimuler l'équipe. Les filles se lancent, dévalent vers le lac, le poids de leurs sacs les entraînant encore plus vite qu'elles ne le souhaiteraient. Enfin, parvenues au bas de la pente, et certaines d'être bien cachées, elles s'accordent une pause pour réfléchir à la suite du programme.

Vingt minutes plus tard, cinq silhouettes à quatre pattes, dont une seule est munie d'une queue, regagnent l'esplanade où se dresse le château. Les lieux sont déserts à présent, et le silence est à peine troublé par le chuintement d'une hulotte. Les filles escaladent facilement la grille puis se glissent, furtives, vers la porte de la forteresse. Tout en progressant dans la pénombre, elles fixent des yeux le bois lisse, comme si leur regard avait le pouvoir magique de le transpercer… Les étroites fenêtres en ogive qui flanquent la porte de part et d'autre sont closes, bien entendu. Et les filles n'ont pas de plan pour les ouvrir. Elles ont eu beau réfléchir ensemble pendant vingt minutes, l'inspiration ne leur est pas venue.

Une fois devant la porte, Alix tourne la poignée sans aucun espoir. Stupéfaites, les filles voient la porte s'ouvrir sans résistance ! Alix interroge du regard ses amies. Juliette lui fait signe d'entrer, mais Clémence la retient par la manche avec une grimace.

– Quoi ? souffle Alix.

– C'est louche !

– Qu'est-ce qui est louche ?

– Que la porte soit ouverte ! Voyons ! Comme si le gardien voulait qu'on entre !

Les filles se regardent.

– Alors quoi ? chuchote Juliette. On repart, merci et au revoir ?

Clémence respire profondément et écarte doucement Alix.

– Non, on entre ! Mais tout le monde fait bien attention. Hein Hector ?

À peine Juliette, qui ferme la marche, a-t-elle franchi la porte à son tour, qu'Hector se met à gronder tout bas. Les filles l'observent inquiètes ; il leur rend leur regard et se met à boitiller lentement vers l'escalier d'honneur.

– Tu as mal ? lui demande Juliette dans un souffle.

Hector continue à boitiller. Clémence examine le sol à la recherche d'un clou, mais tout est propre : il est impossible qu'Hector se soit blessé à l'instant. Soudain, les yeux de Juliette s'arrondissent, tout comme sa bouche qui essaie de faire passer un message muet. Les autres la regardent d'un air interrogateur.

– La loutre ! souffle-t-elle. La loutre à la patte cassée !

– Où ça ?

Les trois filles regardent partout. Pas plus de loutre dans la cour d'honneur que de pingouin dans les sables du Sahara ! Mais Juliette reprend tout bas :

– Hector imite la loutre.

Ses amies la regardent avec un sourire compatissant. Juliette a toujours été excessivement fière des talents de son épagneul. Clémence pense très fort : « Juste après, elle va nous dire qu'il remplace 007 dans le prochain James Bond ! » Convaincues néanmoins que le chien flaire une piste, elles le suivent dans l'escalier d'honneur, qu'il grimpe avec aisance : déjà il ne boîte plus.

Au moment où elles atteignent le palier du premier étage, la queue d'une loutre disparaît derrière une haute porte entrouverte.

Médusées, les filles franchissent la porte derrière l'animal, qui presse le pas, visiblement inquiet d'être suivi. Dans les prunelles d'Hector brille toute la hargne d'un chasseur. Quant aux filles, elles n'ont pas le temps de s'arrêter pour tenir conseil. Elles savent que l'aventure est dangereuse, chacune se dit que cette loutre les emmène sans doute dans un traquenard, et pourtant elles la suivent de loin, comme hypnotisées, indifférentes aux décors successifs qu'elles traversent, de salle en corridor et d'escalier en palier. De temps à autre, la loutre marque une pause d'une seconde et renifle le sol. L'ayant remarquée, Alix se met à quatre pattes pour mettre le nez sur une tache humide qui a arrêté l'animal. Une odeur de poisson lui emplit les narines. Ainsi, la loutre suit un parcours balisé à son intention – par qui, la réponse est évidente, quoiqu'il y ait un doute sur la personne. Mark ? Sa mère ? Le gardien complice ? Fiona ? Lizzy ? Peter ? En tout cas, « on » a appliqué un poisson mouillé çà et là sur le trajet à suivre, et l'animal mis en appétit avance en boitillant vers le repas espéré.

Enfin la loutre franchit une dernière porte qui mène à un salon chaleureux, orné de tableaux. Les filles n'ont pas le temps de détailler les murs : après avoir frémi du museau en signe d'hésitation, la loutre flaire le parquet, traverse la pièce et se campe sous un cadre en verre. Les filles identifient aussitôt le Fairy Flag, dont un cordon empêche les visiteurs ordinaires de s'approcher de trop près.

Mais la loutre est tout sauf une visiteuse ordinaire. Elle lèvre le nez vers le cadre, d'où émane sûrement un fumet de poisson : fébrile, elle cherche à atteindre le cadre trop haut. Ceux qui lui ont tracé la route ont tout prévu, cependant, car une chaise est disposée en dessous, comme par hasard... Malgré sa patte cassée, la loutre y grimpe en un éclair, puis tend ses pattes avant aussi haut que possible pour atteindre le tableau.

– Hep ! s'exclame Alix, en s'avançant pour écarter l'animal du mur. Mais ses griffes ont accroché l'angle du tableau qui bascule et explose en miettes sur le parquet, dans un concert d'aboiements : le bruit du verre fracassé a paniqué Hector.

D'instinct, Gwen se précipite pour ramasser le Fairy Flag, le dégage de son verre et le fourre dans sa poche pour le protéger. Juliette, pendant ce temps, s'approche de la loutre pour vérifier qu'elle n'a pas été blessée par les éclats coupants. Mais la loutre affolée s'énerve, donne des coups de griffes et de dents dans le vide, et force Juliette à reculer. De toute façon, Clémence tire son amie par le bras :

– Vite, Ju, il faut partir d'ici.

Juliette regarde ses amies qui l'attendent. Leurs visages sont tendus. Elles ne comprennent pas grand-chose à la scène qui vient de s'écouler au rythme d'un cauchemar. Elles savent seulement qu'elles ont l'estomac noué par la peur, dans cette obscurité croissante, dans ce salon plein de verre pilé où court une loutre furieuse et où Hector s'est mis à gronder d'une manière inquiétante. Où sont-ils, ceux qui ont préparé une scène aussi étrange ? Pourquoi avoir fait intervenir la loutre au lieu d'apparaître à visage découvert ?

– Venez vite, dit Alix.

Les filles bondissent vers la porte, laissant loin derrière la loutre qui boitille. Elles dévalent les escaliers, se perdent dans les couloirs, rebroussent chemin plusieurs fois, avec la terrible certitude à chaque angle de corridor qu'elles vont se heurter à leurs adversaires.

Enfin, après un affreux suspense, voici la cour d'honneur, et la porte de sortie. Alix a le cœur qui cogne en essayant de l'ouvrir : et si elles étaient enfermées, prises au piège ?

Heureusement, il n'en est rien. Les filles sont dehors, saines et sauves, sans avoir aperçu l'ombre d'un cambrioleur. Elles se regardent éperdues.

– Qu'est-ce qu'on fait ? demande Clémence. Qu'est-ce qui se passe, les filles ? On en est où ?

– Il faut qu'on discute, murmure Alix. On retourne se mettre à l'abri dans le ravin ?

– Et s'ils y sont ? demande Gwen en coulant un regard apeuré vers le trou d'ombre où la végétation étale un manteau plus noir que la nuit.

– On ne peut pas rester là, tranche Alix. On est trop visibles. On descend quand même sur le lac.

C'est en atteignant le bas de la pente que Clémence se frappe le front et lance une exclamation horrifiée :

– Les filles ! C'est nous qui avons volé le Fairy Flag.

– ?

– S'il y a des caméras, qui est-ce qu'on reconnaîtra sur les images ?

– D'accord, murmure Gwen en tâtant sa poche, d'accord, mais on ne l'a pas volé…

– Ça restera à prouver, rétorque Clémence. Et surtout, les amies, il va falloir ouvrir l'œil… Parce qu'ils pourraient bien vouloir nous le piquer… Maintenant qu'on leur a mâché le travail en le sortant de sa forteresse !

– Tu as raison, murmure Alix. Bon, vite, filons au village de Dunvegan, on y trouvera de l'aide. Regardez les lumières, on n'est pas loin, ajoute-t-elle avec un optimisme forcé.

– Vu l'urgence de la situation, glisse Clémence, je suggère qu'on se débarrasse de notre faux matériel de sorcellerie. C'est lourd, ça encombre, et ça ne nous servira pas.

– Bonne idée, fait Alix, qui vide rapidement sur la lande le contenu de son sac.

– Dommage… murmure Gwen. J'aurais bien aimé leur faire peur… Mais il faut reconnaître que…

– Que c'est nous qui avons peur, complète Juliette avec simplicité.

À cet instant, un peu plus loin sur la lande, un bruit étrange, craquement ou grincement, attire leur attention et leur fait faire volte-face.

Chapitre 10

Les yeux des filles s'agrandissent d'effroi en découvrant les lumières qui strient l'obscurité du crépuscule. Là-bas, à une distance que la nuit rend difficile à évaluer – cinquante mètres, cent peut-être ? – des lueurs bleuâtres virevoltent sur la lande et se reflètent dans le loch Dunvegan. Des formes noires dansent avec d'autres silhouettes qui, elles, sont phosphorescentes : en fixant les yeux sur ces personnages lumineux, les filles se rendent compte qu'ils ont l'apparence d'êtres humains, avec une tête, des bras, un corps, mais sans en avoir la consistance. Ils sont transparents. Comme des fantômes. Quant aux formes sombres, vêtues d'oripeaux larges et flous, elles ont aussi des visages, mais ceux-ci sont cachés sous de hauts chapeaux pointus. Le spectacle général ressemble à un bal de sorcières donné pour Halloween. Hélas, Halloween est encore loin, et ce sabbat de créatures étranges est terriblement réel. Les filles ne peuvent pas croire en un cauchemar collectif. Il suffit de regarder l'attitude d'Hector qui gronde comme jamais les filles ne l'ont entendu gronder, toutes griffes dehors. Il semble se préparer à aller voir si un épagneul est capable de mordre un fantôme au mollet. Mais Juliette s'est accroupie pour le retenir, par une sorte de réflexe enfiévré. Elle ne veut pas voir son chien entraîné par des esprits malfaisants.

C'est alors que le silence de la nuit est troublé par d'affreux ricanements. Les silhouettes sombres, ou peut-être les fantômes lumineux, semblent se délecter de la terreur des filles. Une voix chevrotante s'élève dans la nuit sans que les filles puissent l'attribuer à un homme ou une femme – en tout cas, c'est une créature hors d'âge qui semble leur parler :

– *Woe to the robbers of the Fairy Flag.*

Son incantation est répétée à plusieurs reprises par plusieurs voix tout aussi maléfiques. Juliette, Alix et Gwen se tournent vers Clémence. Alix bégaie :

– Qu'est-ce que… qu'est-ce qu'ils ont dit avant « Fairy Flag » ?

– « Malheur aux voleurs du Fairy Flag », bredouille Clémence.

– Aux voleurs, s'exclame Gwen soulagée. Pas aux voleuses.

– Tu… tu sais bien qu'en anglais c'est la même chose, bégaie Juliette.

– J'ai peur, gémit Gwen. J'ai tellement peur.

Alix lui met une main protectrice sur l'épaule ; Gwen se blottit contre elle. Juliette est toujours occupée à retenir Hector d'une main tremblante qui s'efforce d'être ferme. Les poings serrés, Clémence se bat contre sa panique. Elle refuse d'y céder. Elle se répète en boucle que les fées n'existent pas, ni les sorcières, ni les fantômes, même en

Écosse, même sur la lande déserte quand les dernières lueurs du jour s'éteignent à l'horizon.

Elle se force à détacher ses yeux du spectacle hallucinant, à regarder les lumières rassurantes du village de Dunvegan qui clignotent au loin. Lorsqu'elle revient aux formes qui dansent sur la lande, elle remarque un détail. Les silhouettes phosphorescentes sont attachées à des cordes de lumière qui se déplacent dans la nuit, comme des marionnettes retenues à leurs ficelles. Des projecteurs ! Clémence se retourne pour chercher l'origine des rais de lumière et découvre qu'ils proviennent tous d'un point unique, un peu plus loin sur la lande.

Sans rien dire à ses amies toujours immobiles, Clémence s'éloigne en faisant un détour pour ne pas risquer de passer dans le faisceau de lumières qui trahiraient sa manœuvre. Pourvu que les malfaiteurs, qui observent sûrement ses amies, ne s'aperçoivent pas qu'une des filles a disparu ! La lumière crue du projecteur l'empêche longtemps de voir s'il y a quelqu'un à côté. C'est à quelques mètres de l'appareil qu'elle distingue enfin une silhouette. L'homme ne l'a pas vue, ébloui lui aussi par la vive lumière qui sort de sa machine. Il se tient de profil et elle reconnaît Peter, le faux cameraman. Elle distingue aussi, par terre dans la bruyère, la valise noire que Mark a apportée au château avec la complicité du gardien. Ainsi c'était l'étui du projecteur !

Clémence observe quelques secondes de pause, les yeux rivés aux images de synthèse qui continuent leur bal lugubre dans la nuit. « Très bien fait », se dit-elle. Puis elle ajoute à voix haute : « Un vrai travail de professionnel, mon cher Peter. On voit que vous travaillez dans le cinéma. »

Peter sursaute comme si un commando de fantômes s'était glissé derrière lui. Mais Clémence, qui surveille ses amies du coin de l'œil, se rend compte qu'il se passe quelque chose là-bas. Deux des silhouettes sombres ont interrompu leur sarabande pour s'avancer vers les filles en tendant la main. De loin, Clémence n'entend qu'une sorte de psalmodie confuse et menaçante. Elle voit Gwen s'écarter d'Alix, faire un pas en avant, mettre la main à sa poche. Les bras des prétendues sorcières sont toujours impérieusement tendus.

– Nooooon ! hurle Clémence dans la nuit. Gwen, n'aie pas peur, garde le Fairy Flaaaa…

Elle se précipite, vole sur la mousse et la bruyère pour rejoindre ses amies. En entendant son cri, Gwen a crispé les doigts sur l'antique bout d'étoffe. Alix et Juliette, comprenant en un éclair que cette hallucination n'est qu'une mise en scène, bondissent en avant pour aider Gwen. Mais Alix reçoit un coup de poing à l'épaule, et Juliette se fait renverser. Le temps qu'elles reconnaissent Mark et Fiona sous leurs costumes de sorcières, ceux-ci ont arraché le Fairy Flag à Gwen et s'enfuient dans la nuit. Au même instant, les silhouettes phosphorescentes s'évanouissent : Peter a éteint son projecteur.

Lorsque Clémence arrive auprès de ses amies, elle entend un aboiement et un rugissement de colère.

– Hector ! Hector ! appelle-t-elle en même temps que Juliette.

Le petit épagneul revient, la queue basse, un morceau de tissu noir entre les dents, l'air complètement sonné.

– Ils t'ont frappé ? s'exclame Juliette.

Hector jappe et dépose son trophée aux pieds de Juliette – un bout d'une cape de sorcière, arraché à l'un des malfaiteurs.

– Je reviens, les filles, s'exclame Clémence en fonçant vers l'endroit où se trouvait Peter l'instant d'avant.

La nuit est si noire qu'elle n'est plus sûre du lieu exact. Mais force est de constater que Peter a disparu lui aussi. Dépitée et amère, Clémence retourne vers ses amies dont les frontales se sont allumées, lui offrant un repère. Tout en marchant, elle décortique la mise en scène dont elles viennent d'être victimes. Les malfaiteurs ont agi avec une habileté stupéfiante. Non seulement ils ont orchestré le vol du Fairy Flag par les filles elles-mêmes, mais ils ont brillamment exécuté la stratégie d'intimidation dont elles avaient eu l'idée au départ… Comment se fait-il qu'ils aient pensé à la même tactique ? Comme s'ils avaient lu, eux aussi, le journal enfoui dans le souterrain chez la mère de Mark…

Soudain Clémence se frappe le front.

Dans leur hâte de s'échapper de la ferme, hier soir, elles n'ont même pas pensé à remettre en place les lattes du plancher dans le réduit. Les malfaiteurs ont trouvé derrière elles un trou béant, et n'ont eu qu'à y descendre pour découvrir tout l'attirail de fausse sorcellerie… Auquel ils ont ajouté quelques effets spéciaux plus modernes.

– Quelles nouilles !

Clémence ressasse sa rancœur à haute voix dans la nuit lorsqu'elle voit une silhouette d'homme arriver en courant devant ses amies. Elle accélère et les rejoint le cœur battant.

Interdites, les filles reconnaissent le gardien du château.

– Qu'est-ce qui se passe ? demande-t-il hors d'haleine. Qu'est-ce que c'était que ces lumières, ces bruits ?

Les filles lui opposent un silence glacial et des regards méfiants. Ébloui par les quatre rayons de lampe qui convergent sur son visage, il cligne des yeux et met la main en visière. Les filles abaissent leurs faisceaux, mais Clémence demande de but en blanc :

– Vous pensez pouvoir cacher votre rôle à la police ?

– Mon rôle à la police ? répète le vieil homme mécaniquement comme s'il s'agissait d'une phrase sans queue ni tête.

Les filles se regardent.

– Oui, à propos du vol du Fairy Flag, reprend Clémence.

– Que voulez-vous dire, le vol du Fairy Flag ? s'exclame le gardien soudain affolé.

– Vous ne savez pas que le Fairy Flag vient de disparaître ? demande Clémence doucement, tout en projetant de nouveau sa lumière sur le visage de son interlocuteur.

Les yeux abasourdis de celui-ci donnent une réponse éloquente. Puis, coupant court à la conversation avec les filles, il se met à courir comme un fou pour remonter le ravin vers l'esplanade du château. Les filles le suivent sans effort ; elles sont même obligées de ralentir leur élan pour attendre le gardien qui s'essouffle. À mi-pente, il est obligé de faire une pause pour reprendre haleine. Entre deux inspirations profondes, il articule laborieusement :

– Qui... êtes... vous... expliquez... moi...

Pour lui épargner de se fatiguer davantage, Clémence lui raconte tout. Tandis que le vieil homme s'est déjà remis en marche, elle lui détaille le vol du tartan d'Armadale, dont il a entendu parler, le met au courant de leurs aventures à la recherche des cambrioleurs, et lui explique enfin comment elles ont appris la menace qui pesait sur le Fairy Flag. Au fil de son récit, le brave homme se décompose et presse le pas comme s'il était encore temps de sauver la relique médiévale.

– Clémence, intervient Alix, demande-lui pourquoi il a laissé Mark entrer dans le parc du château à l'heure de la fermeture. Qu'est-ce qui était écrit sur la lettre ?

Clémence traduit la question. Le gardien s'arrête, secoue la tête, reprend son souffle et dit :

– Cette lettre imitait l'écriture et la signature de mon employeur, le propriétaire du château, qui se trouve en voyage. Elle me demandait de laisser entrer cette jeune sourde, censée apporter dans sa valise du matériel de jardinage qu'il venait de commander. C'était vraisemblable, vous savez, se hâte-t-il d'ajouter comme si les filles allaient l'accabler de reproches. Les jardins de Dunvegan sont admirables et…

Sans même finir sa phrase, le vieil homme serre les poings, amer :

– Comme je m'en veux ! J'ai quitté mon poste cinq minutes pour essayer de vous retrouver, car je ne vous voyais plus, et j'avais bien vu que vous aviez quelque chose de vraiment important à me dire. Quand je suis revenu à la grille, j'ai pensé que la jeune sourde était repartie après avoir déposé sa valise dans la remise. Et je ne suis même pas allé vérifier. Je vieillis !

Clémence change de couleur et s'apprête à traduire cette explication, accablante pour les Françaises aussi, quand Alix lui dit doucement :

– Je fais des progrès en anglais. J'ai compris…

Juliette se tord les mains :

– Moi aussi, malheureusement. Si seulement on était restées sur ce maudit banc !

– Moi, glisse Gwen d'une toute petite voix, je n'ai pas bien compris. Mais je ne sais pas si j'ai très envie que vous me traduisiez…

– Monsieur, dit enfin Clémence après un instant de réflexion, il y a encore une chose que je ne comprends pas. Vous êtes le seul à avoir la clé de la porte d'entrée, je suppose ? Elle était ouverte… Ce n'est pas vous qui… ?

– Non, bien sûr. Je l'ai fermée à clé, comme tous les soirs, avant de rentrer chez moi.

Le gardien se remet en marche d'un bon pas. Arrivé au château, il tourne la poignée de la porte, qui se rouvre sans résistance.

– Ils l'ont faussée, dit-il d'une voix blanche.

– C'est si facile à fausser, une porte de château ? s'exclame Clémence.

Le gardien hausse les épaules.

– Pourquoi aurait-on mis une porte blindée ici ? Depuis la fin du Moyen Âge, Dunvegan Castle n'est plus un lieu stratégique !

Chapitre 11

La grande pelouse du promontoire qui domine Portree disparaît sous le piétinement d'une foule innombrable. Les filles viennent d'atteindre le sommet de la butte et examinent tout ce monde d'un air consterné.

– Il y a combien d'habitants à Portree ? crie Alix pour couvrir le vacarme de la fête.

– Un peu moins de 2500, répond Clémence.

– On dirait qu'il y en a trois fois plus, intervient Gwen.

– C'est probable, fait Clémence en haussant les épaules. Les Highland Games attirent un monde fou, à ce qui paraît.

Juliette ne se joint pas à la conversation, trop occupée à négocier avec Hector qui refuse de descendre de ses bras.

– Mais si, Hector, mais si, dit Juliette. On a besoin de toi. De ton flair. Comment veux-tu qu'on retrouve nos voleurs dans cette foule ?

Hector tremble. La perspective d'atterrir au ras du sol sur cette prairie bondée le terrorise.

Juliette soupire, puis, voyant ses amies fendre la foule en direction des grands pins qui dominent la mer, elle leur emboîte le pas, son épagneul toujours blotti dans ses bras.

– Vous allez où ? demande-t-elle en rattrapant Alix.

Celle-ci fait un geste d'ignorance.

– On ne sait pas. Mais ce n'est pas en restant sans bouger qu'on a le plus de chances de tomber sur nos amis… Alors… On se balade.

Un peu plus loin, l'affluence est moindre ; Hector accepte d'être déposé sur le gazon. Il trottine sur les talons de sa maîtresse, attentif à ne pas se faire bousculer. Juliette a beau l'observer, elle se rend vite compte qu'il ne cherche même pas à déceler une piste quelconque. Entre les odeurs de grillade et les efforts qu'il doit fournir pour slalomer entre les pieds des badauds, son flair est mis à mal.

– Les filles, murmure soudain Gwen, je me fais peut-être des films, mais j'ai l'impression qu'on nous observe.

– Qui, on ? souffle Clémence sur le qui-vive.

– Je ne sais pas, chuchote Gwen. Je n'arrive pas à croiser de regards, mais j'ai ce sentiment curieux… que les yeux se détournent… dès que je promène les miens.

À ces mots, un grand malaise s'empare des trois autres, qui essaient à leur tour d'analyser la situation autour d'elles. Une voix aimable, au savoureux accent, interrompt soudain cet examen.

– Bonjour, mesdemoiselles, vous venez aussi applaudir les Highland Games ?

L'agent de police d'Armadale a surgi du milieu de la foule. Il ne porte pas d'uniforme et affiche un air jovial, insouciant, sans cesser pour autant de surveiller les visages autour de lui.

– Bonjour, monsieur l'agent, oui, nous avons eu envie de visiter Portree aujourd'hui, répond Clémence. Notre stage d'anglais commence cet après-midi et nous voulions profiter de cette dernière matinée de liberté.

– Oh ! Laissez-moi spécialement vous recommander le concert de cornemuse qui prendra place dans dix minutes.

– Ça va être ta fête, Hector, s'exclame Clémence en baissant les yeux sur l'épagneul. Mais à cet instant, l'agent se penche vers elle pour lui glisser :

– Si vos amies et vous repérez « ces gens », allez avertir l'homme qui tient le stand de frites sur la gauche du mur de pierre là-bas. Il est un policier.

Clément hoche la tête et ajoute :

– *Constable*…

– Oui ?

– Mon amie Gwen a l'impression que nous sommes espionnées.

– Par qui ?

– Elle ne sait pas. Elle sent des regards qui nous observent.

L'agent sourit :

– Peut-être elle est un peu nerveuse. Mais peut-être aussi elle a raison. Il y a environ cinquante policiers en vêtements civils dans la foule qui cherchent aussi les voleurs.

Comme ils ont votre signalement, ils vous regardent en passant, c'est normal.

– Ah, sourit Clémence rassurée. Puis elle ajoute :

– Vous avez pu examiner la carte sim du téléphone de Lizzy ? Elle vous a fourni des renseignements ?

– Rien, soupire l'agent. C'était un téléphone volé, figurez-vous ! La propriétaire a été bien contente de le retrouver, mais nous n'en savons pas plus.

L'agent s'éloigne. Alix grommelle :

– Cinquante policiers ! Uniforme ou pas, les voleurs vont forcément se rendre compte de leur présence. Ils vont redoubler de prudence et on n'aura aucune chance de les pincer.

– Regardez, encore une connaissance, sourit Juliette après cinq minutes de déambulation. La haute silhouette du gardien de Dunvegan est facilement repérable dans la foule. Le vieil homme a aperçu les filles, lui aussi ; il leur sourit, se rapproche.

– Bonjour, monsieur.

– Bonjour, jeunes filles. Avez-vous repéré des suspects ?

– Pas encore, avoue Clémence. Et vous ?

– Moi non plus. Mais je compte plutôt sur vous, dit le gardien d'un air modeste. J'ai à peine entrevu le voleur, et encore, il était déguisé en fille… J'ai peur de ne pas le reconnaître même s'il se trouve de face à quinze centimètres de moi !

– Vous avez pu prévenir le propriétaire du château que le Fairy Flag avait…

– Oui, répond le gardien à mi-voix. Oh, mon patron est un homme très bon, et il ne m'a rien reproché. Mais quelle perte pour le domaine ! Je dois faire tout ce que je peux pour aider à mettre la main sur les voleurs. Si vous avez besoin de moi, faites-moi vite appeler… Vous avez mon numéro, n'est-ce pas ?

– Oui, répond Clémence.

– Bien. Je vous laisse, il vaut mieux que nous nous séparions, nous serons moins visibles…

Une fois seules, les filles s'interrogent mutuellement du regard. Où aller ?

– Le concours de cornemuse va commencer, dit Alix en regardant sa montre. On ferait peut-être bien d'aller voir…

– Je vous attends ici avec Hector, déclare Juliette. Il va avoir trop peur du bruit.

Clémence réfléchit :

– Tu devrais venir avec nous en le prenant dans tes bras. C'est important qu'on reste ensemble.

– Et pourquoi vouloir aller se fourrer dans le pire vacarme ?

– Juliette, si tu avais un truc malhonnête à faire… Des objets à échanger… Mettons, des tissus volés contre une somme d'argent importante… Tu ferais ça où ?

Juliette hausse les épaules :

– Dans un endroit bien caché.

– Ou au contraire dans le lieu le plus bruyant possible, intervient Gwen dont le visage s'éclaire. Comme ça les gens ne feraient pas attention à moi.

Juliette hoche la tête lentement devant ce constat qui s'impose à elle comme une évidence. Elle ordonne à Hector de sauter dans ses bras, il obéit bien volontiers.

– Allons-y, dit-elle en entraînant ses amies.

Les musiciens sont déjà rassemblés sur le lieu du concert. Les quatre filles jouent délicatement des coudes pour traverser la foule en tous sens et observer les visages. Pas de Mark en vue.

– Il peut être déguisé en fille, souffle Alix à l'oreille de Clémence qui marche à côté d'elle.

– Ça ne devrait pas nous empêcher de le reconnaître.

– C'est sûr. Mais ça veut dire qu'il faut vraiment regarder tout le monde de près.

– Et les musiciens ? demande soudain Juliette en tapotant l'épaule d'Alix. Il faudrait aussi qu'on jette un coup d'œil sur eux, non ?

Gwen, très sérieuse, appuie l'idée de Juliette :

– Regardez, ils sont tous en kilt ! Si ça se trouve, Mark porte le tartan en écharpe…

Clémence pouffe de rire :

– Vous le prenez pour un idiot ? Il sait très bien qu'il joue un jeu dangereux, vous croyez qu'il va exposer le tartan au grand jour ? Et pourquoi pas accroché aux tuyaux d'une cornemuse, pendant que vous y…

Elle s'arrête, ouvre des yeux aussi ronds que sa bouche, immobile malgré la foule qui la presse de toutes parts. À cet instant, le coup d'envoi du concert est donné : des dizaines de musiciens entonnent allègrement une danse écossaise aux sonorités déchirantes.

– Venez, souffle Clémence. Elle se fraie un passage jusqu'aux premiers rangs du public, mais s'arrête derrière le rempart de la première ligne de spectateurs.

– Si vous le voyez, dites-moi ! dit-elle à ses amies qui se sont regroupées autour d'elles malgré un mouvement d'agacement de leurs voisins.

Pressées de toutes parts, les filles scrutent chaque visage l'un après l'autre.

– Ils ont tous les joues gonflées ! gémit Gwen. Regardez-moi ces grimaces ! On ne reconnaîtra pas Mark !

Les trois autres sourient, trop absorbées pour lui répondre. Du côté d'Hector, il n'y a plus aucun espoir de collaboration à l'enquête : il s'est enfoui sous le coude de Juliette en attendant des jours meilleurs.

– Vu, s'exclame Alix. Je crois que c'est lui !

Les trois autres sursautent à ces mots et regardent dans la même direction qu'Alix.

– Non, les filles, reprend celle-ci. Vous pensez bien que je regarde ailleurs. Et ne faites pas l'erreur d'observer la même direction. Clémence, tu peux peut-être commencer : je crois le voir plutôt derrière, sur la droite. Qu'est-ce que tu en penses ?

Clémence promène un regard faussement distrait sur l'ensemble des musiciens, avant de se focaliser un bref instant sur l'endroit indiqué par Alix.

– C'est possible, souffle-t-elle. Difficile à dire. Il est caché par plusieurs personnes… Ah, super !

Dans une ambiance bon enfant, les joueurs de cornemuse se sont mis à se balancer en rythme pour accompagner leur propre musique. Au gré de leurs mouvements, les visages de ceux qui étaient cachés dans la masse apparaissent puis disparaissent. C'est dans ce décor mouvant que les filles essaient de repérer Mark discrètement, sans le fixer des yeux. La manœuvre est difficile ! Mais soudain Gwen s'écrie :

– Oui, Alix, tu as raison, je l'ai aussi reconnu.

– Zut, enrage Clémence, je ne le vois pas encore.

– Tu as le temps. Maintenant qu'il est là, on sait qu'il est bloqué jusqu'à la fin de la danse sans rien pouvoir faire.

– Eh si, justement, rétorque Clémence.

– Comment ça ?

– Mon idée, c'est que… Ah ! Vu ! Attendez… Chut… Je ne dois pas le perdre des yeux… Suivez-moi… On va contourner les gens pour se rapprocher.

– *Hey, girls, stop moving about like that !*

Un couple entre deux âges, mécontent de l'agitation des filles, vient de les prendre à partie.

– Qu'est-ce qu'ils disent, Clémence ? demande Gwen.

– Je ne sais pas… *I don't speak English*, répond laconiquement Clémence qui s'éloigne en suivant Alix.

Une minute plus tard, tandis que les joueurs de cornemuse reprennent une fois de plus la rengaine de la danse, les filles ont réussi à manœuvrer pour que Mark leur apparaisse de profil. Elles sont d'une extrême vigilance, car les yeux du jeune acteur, au-dessus de ses joues rouges et gonflées, furètent partout comme pour détecter d'éventuels espions.

– Gwen ? murmure Clémence. Va chercher le policier qui tient le stand de frites…

– Pourquoi moi ? grommelle Gwen, furieuse de quitter le théâtre des opérations.

– Allez, s'il te plaît, dépêche-toi ! On va peut-être avoir besoin d'aide !

À peine Gwen est-elle partie que le voisin de Mark paraît avoir un problème avec son instrument. Il desserre les lèvres, lâche l'embout, examine la cornemuse, fait signe à Mark qu'elle ne sort plus aucun son. Mark cesse à son tour de jouer et, avec un sourire engageant, tend sa cornemuse à l'autre musicien pour qu'il puisse continuer à jouer, tandis que le dernier refrain vrille les tympans de la foule. Son voisin le remercie d'un signe de tête ; Mark le débarrasse de son instrument inutile. Clémence change de couleur et pousse du coude Juliette et Alix qui l'encadrent :

– Dans les cornemuses ! Tout est caché là ! Dans les sacs !

Les dernières notes de la danse font vibrer la bruine qui s'est mise à tomber sur Portree. Alix et Juliette écarquillent les yeux. Elles ont aussitôt compris, pourtant Alix articule péniblement :

– Tu crois ?

Mais elle s'est déjà élancée en avant sans attendre la réponse. Clémence et Juliette la suivent. Urgence oblige, elles écartent rudement les spectateurs qui se trouvent devant elles. Une barrière, puis quatre ou cinq mètres de pelouse séparent le public des joueurs de cornemuse. Alix saute sans effort par-dessus la barrière et fonce à travers l'espace vide. Clémence franchit l'obstacle avec quelques secondes de retard sur sa cousine. Entre-temps, Mark et son voisin ont repéré l'arrivée d'Alix. Aussitôt, ils bloquent leurs cornemuses sous le coude et prennent leurs jambes à leur cou. Mais Alix est si rapide qu'elle parvient à agripper l'un des tuyaux de la cornemuse de Mark, bloquant net l'élan du musicien. Tout se passe alors très vite. Juliette pose Hector par terre ; celui-ci, qui a retrouvé ses moyens, rattrape le complice de Mark qui continue sa course et lui plante ses petites dents dans le mollet. Pendant ce temps, Mark tente de tirer sur son instrument pour l'arracher à Alix, mais son mouvement brutal déchire le sac de l'instrument, d'où s'échappe une pluie de dollars. Clémence et Juliette ont rejoint leur amie. Constatant sa déconfiture, Mark lâche la cornemuse pour détaler, mais il se heurte au policier qui a abandonné son stand de frites pour accourir avec Gwen. Presque simultanément, d'autres policiers en civil encerclent les lieux, et le gardien de Dunvegan arrive au pas de course. Le tout au milieu des mille cris de stupeur poussés par la foule qui assiste à la scène sans rien comprendre.

– Ah ah, s'exclame l'agent qui survient quelques secondes plus tard. Je vois que ces demoiselles ont ajouté un exploit à leur tableau de chasse.

Il jette un rapide coup d'œil aux deux malfaiteurs ligotés, s'approche de celui dont le mollet saigne, vérifie que la morsure est superficielle.

– Vous n'êtes pas de l'île, je crois… Votre carte d'identité, je vous prie ?

L'homme tire en grimaçant un passeport de sa poche de veste. L'agent le prend poliment et le consulte avec un air solennel.

– Vous êtes américain, Mr. Arthur Farrey…

– Oui, répond Farrey, en rêvant soudain d'être laveur de vitres à Chicago, loin de cette maudite Écosse, de ces affreux Highland Games et de ces ridicules bouts de tissus cachés dans la poche d'une horrible cornemuse.

L'agent esquisse un sourire, hoche la tête.

– Vous n'auriez pas dû essayer le kilt, Mr. Farrey… J'ai toujours pensé qu'il n'allait pas aux non-Écossais. Et le chien de ces jeunes filles aurait mordu votre pantalon plutôt que votre jambe.

– Hmm, grommelle Arthur Farrey, d'un air de dire « Moquez-vous tant que vous voudrez, je ne répondrai pas. »

Puis l'agent de police se tourne vers les filles.

– Mesdemoiselles, je vous remercie. L'une de ces deux cornemuses a déjà prouvé qu'elle était très valeureuse, dit-il en désignant les liasses de billets que deux policiers récoltent sur la pelouse. L'autre, ajoute-t-il, je vous laisse le soin de l'ouvrir. Qui veut le faire ?

Les filles se sourient.

– Alix, vas-y, disent en chœur les trois autres.

Alix examine la cornemuse, découvre une couture plus grossière que les autres et s'y attaque. Plongeant la main dans le trou pratiqué, elle en sort, soigneusement enroulés, le tartan d'Armadale et le Fairy Flag. La foule pousse une ovation. Les quatre filles rougissent. Hector saute dans les bras de Juliette, car quelques cornemuses accompagnent les applaudissements de l'assistance.

– Et maintenant, mesdemoiselles... poursuit l'agent une fois le silence revenu. Maintenant, une autre grande mission vous attend... Très, très importante.

– ?

– Puis-je compter sur vous ?

– Bien sûr, monsieur l'agent, mais... de quoi est-ce qu'il s'agit ? demande Clémence.

– Vous, mademoiselle, vous avez un peu d'avance sur vos amies, mais je les connais, elles ne se laisseront pas distancer longtemps.

– ?

– Vos parents seront fiers de vous si vous menez à bien cette mission.

– ?

L'agent fait un large sourire.

– Progresser en anglais. Après tout, vous savez, c'est la langue de Sherlock Holmes...

Épilogue

Dès le lendemain, à l'aube, à l'heure où les filles dorment encore dans leurs familles d'accueil respectives, Fiona, Peter et Lizzy sont arrêtés par la police écossaise, chacun à son domicile. Ils ne se trouvaient pas aux Highland Games la veille ; Mark les avait dissuadés de venir à Portree pour minimiser les risques de se faire repérer. Mais, puisque les choses avaient mal tourné pour lui, Mark ne trouvait pas normal d'être seul au commissariat. Il a très volontiers donné les noms et adresses de ses complices à l'agent de police.

La seule personne dont il n'avait pas donné les coordonnées était sa mère, mais les filles s'en sont chargées, échaudées par l'accueil peu courtois qu'elles avaient reçu dans la ferme isolée au milieu des collines. La mère de Mark, arrêtée en même temps que les autres membres de la bande, va pouvoir méditer en prison sur le fait qu'il aurait mieux valu continuer à s'occuper honnêtement de ses chères loutres.

Arthur Farrey, lui aussi, a estimé injuste de payer pour tout le monde. Il s'est fait un plaisir de dénoncer Mr. MacGeffrey, et la police écossaise s'est fait un devoir de transmettre quelques informations à la police américaine. Mr. MacGeffrey a été arrêté dans son riche bureau de Chicago, et il va maintenant répondre à quelques accusations concernant une longue liste de fraudes, escroqueries et irrégularités en tout genre. Il est peu probable que son immense fortune ressorte intacte de son examen par la justice.

L'aïeule de Mr. MacGeffrey avait vu juste. Dans un ourlet discret du tartan d'Armadale, la police a découvert une minuscule enveloppe en toile imperméable, qui a vaillamment résisté à cent cinquante ans d'intempéries écossaises. À l'intérieur de cette enveloppe, une recette, écrite avec soin. Le meilleur boulanger de Portree s'est aussitôt porté volontaire pour confectionner les biscuits, et le résultat est si exceptionnel que ce chef d'œuvre gastronomique va être présenté aux critiques culinaires. La cuisinière d'Armadale étant morte sans descendants, le brevet de la recette doit être confié au boulanger, qui reversera une partie de ses bénéfices à l'office chargé de la conservation et de l'entretien des châteaux écossais.

Mis au courant de toutes ces péripéties, les parents des quatre filles ont eu envie de se fâcher, de se réjouir, de s'effrayer, d'applaudir et de gronder leurs détectives en herbe... Ils ont fait tout cela à la fois. Quant à l'adorable Mary, que les filles sont allées voir à l'hôpital de Portree aussitôt après l'arrestation de Mark, c'est elle qui a été la plus sévère ; ses reproches ont été à la mesure de ses inquiétudes. Au cours de ces terribles journées, elle s'est sentie démunie, angoissée, et si affreusement responsable, devant ce silence qui durait. Les filles se sont confondues en excuses sincères. Elle leur a pardonné.

Et maintenant, il reste dix jours aux quatre amies pour mener à bien la mission sur laquelle l'agent de police a insisté. Dix jours, c'est peu. Mais rien n'est impossible à des filles volontaires, même si, pour une fois, elles ne peuvent pas travailler en équipe !

Table des matières

Achevé d'imprimer en janvier 2017 par Legoprint en Italie.
N° d'édition : 17056-02
Dépôt légal : avril 2016